国学典藏·线装书系

【插图版】

封神演義

第五册

〔明〕许仲琳·著

时代出版传媒股份有限公司
黄山书社

第七十回　准提道人收孔宣

诗曰：

准提菩萨产西方，道德根深妙莫量。
荷叶有风尘色相，莲花无雨立津梁。
金弓银戟非防患，宝杵鱼肠另有方。
漫道孔宣能变化，婆娑树下号明王。

话说高继能与『五岳』大战，一条枪如银蟒翻身，风驰雨骤，甚是惊人。怎见得一场大战，有赞为证，赞曰：

刮地寒风如虎吼，旗幡招展红闪灼。飞虎忙施提芦枪，继能枪摇真猛恶。文聘使发托天叉，崔英银锤一似流星落。黑虎板斧似车轮，蒋雄神抓金纽索。三军喝彩把旗摇，正是『黑杀』逢『五岳』。

且说高继能久战多时，一条枪挡不住五般兵器，又不能跳出圈子，正在慌忙之时，只见蒋雄使的抓把金纽索一软，高继能乘空把马一撺，跳出圈子就走。崇黑虎等五人随后赶来。高继能把蜈蚣袋一抖，好蜈蚣！遮天映日，若骤雨飞蝗。文聘拨回马就要逃走，崇黑虎曰：『不妨。不可着惊，有吾在此。』忙把背后一红葫芦顶揭开了，里边一阵黑烟冒出，烟里隐有千只铁嘴神鹰。怎见得，有赞为证，赞曰：

葫芦黑烟生，烟开神鬼惊。秘传玄妙法，千只号神鹰。乘烟飞腾起，蜈蜂当作羹。铁翅如铜剪，尖嘴似金针。翅

打蜈蜂成粉烂，嘴啄蜈蜂化水晶。今朝『五岳』来相会，『黑杀』逢之命亦倾。

且说高继能蜈蜂尽被黑虎铁嘴神鹰翅打嘴吞，一时吃了个干干净净。高继能大怒：『焉敢破吾之术！』复回来又战。五人又把高继能围住。黄飞虎一条枪裹住了高继能。只见孔宣在营中问掠阵官曰：『高将军与何人对敌？』军政司禀曰：『与五员大将杀在垓心。』孔宣前往，出营门掠阵。见高继能枪法渐乱，才待走马出营，高继能早被黄飞虎一枪刺中胁下，翻鞍坠马。枭了首级，才要掌鼓回营，忽听得后边大呼曰：『匹夫少待回兵！吾来也！』五将见孔宣来至，黄飞虎骂曰：『孔宣！你不知天时，真乃匹夫也！』孔宣笑曰：『我也不对你这等草木之辈讲闲话，你且不要走，放马来！』把刀一幌，直取文聘。崇黑虎忙举双斧砍来，一似车轮，六骑交锋，直杀得：

空中飞鸟藏林内，山里狼虫隐穴中。

孔宣见这五员将兵器来得甚是凶猛：『若不下手，反为他所算。』把背后五道光华往下一晃，五员战将一去毫无踪影，只剩得五骑归营。子牙正坐，只见探事官来报：『五将被孔宣华光撒去，请令定夺。』子牙大惊曰：『虽然杀了高继能，到又折了五将！且按兵不动。』话说孔宣进营，把神光一抖，只见五将跌下，照前昏迷。吩咐左右监在后营。孔宣见左右并无一将，只得自己一个，也不来请战，只阻住咽喉总路，周兵如何过去得？

话说子牙头运粮草官杨戬至辕门下马，大惊曰：『这时候还在此处？』军政官报与子牙：『督运官杨戬听令。』子牙传令：『令来。』杨戬上帐参谒毕，禀曰：『催粮三千五百，不误限期，请令定夺。』子牙曰：『督粮有功，当

得为国。』杨戬曰：『是何人领兵阻在此处？』子牙把死了黄天化，并擒拿了许多将官的事说了一遍。杨戬听得黄天化已死，正是：

道心推在汪洋海，却把无名上脑来。

杨戬曰：『明日元帅亲临阵前，待弟子看他是甚么东西作怪，好以法治之。』子牙曰：『这也有理。』杨戬下帐，只见南宫适、武吉对杨戬曰：『孔宣连拿黄飞虎、洪锦、哪吒、雷震子莫知去向。』杨戬曰：『吾有照妖鉴在此，不曾送上终南山去。明日元帅会兵，便知端的。』次日，子牙带众门人出营，来会孔宣。巡营军卒报入中军。孔宣闻报出来，复会子牙，曰：『你等无故造反，诬谤妖言，惑乱天下诸侯，妄起兵端，欲至孟津会合天下叛贼，我也不与你厮杀，我只阻住你不得过去，看你如何会得成！待你等粮草尽绝，我再拿你未迟。』只见杨戬在旗门下把照妖鉴照着孔宣，看镜里面似一块五彩装成的玛瑙，滚前滚后。杨戬暗思：『这是个甚么东西？』孔宣看见杨戬照他，孔宣笑曰：『杨戬，你将照妖鉴上前来照，那远远照，恐不明白。大丈夫当明白做事，不可暗地里行藏。我让你照！』杨戬被孔宣说明，便走马至军前，举鉴照孔宣，也是如前一般。杨戬迟疑。孔宣见杨戬不言不语，只管照，心中大怒，纵马摇刀直取。杨戬三尖刀急架相还。刀来刀架，两马盘旋，战有三十回合，未分胜负。杨戬见起先照不见他的本像，及至厮杀，又不见取胜。心下十分焦躁，忙祭起哮天犬在空中。那哮天犬方欲下来奔孔宣，不觉自己身轻飘飘落在神光里面去了。韦护来助杨戬，忙祭降魔杵打将下来。孔宣把神光一撒。杨戬见势头不好，知他身后的神光利

害，驾金光走了。只见韦护的降魔杵早落在红光之中去了。孔宣大呼曰：『杨戬，我知道你有八九玄机，善能变化，如何也逃走了？敢再出来会我？』韦护见失了宝杵，将身隐在旗下，面面相觑。孔宣大呼：『姜尚！今日与你定个雌雄！』孔宣走马来战。子牙后有李靖大怒，骂曰：『你是何等匹夫！焉敢如此猖獗！』摇戟直冲向前，抵住孔宣的刀。二将又战在虎穴龙潭之中。李靖祭起按三十三天玲珑金塔往下打来。孔宣把黄光一绞，金塔落去无踪无影。孔宣叫：『李靖不要走！来擒你也！』正是：

红光一展无穷妙，方知玄内有真玄。

话说金木二吒见父亲被擒，兄弟二人四口宝剑飞来，大骂：『孔宣逆贼！敢伤吾父！』兄弟二人举剑就砍。孔宣手中刀急架相迎。只三合，金吒祭遁龙桩，木吒祭吴钩剑，俱祭在空中，总来孔宣把这些宝贝不为稀罕，只见俱落在红光里面去了。金木二吒见势不好，欲待要走，被孔宣把神光复一撒，早已拿去。子牙见此一阵折了许多门人，子牙怒从心上起，恶向胆边生：『吾在昆仑山也不知会过多少高明之士，岂惧你孔宣一匹夫哉！』催开四不像，怒战孔宣，未及三四合，孔宣将青光往下一撒。子牙见神光来得利害，忙把杏黄旗招展，那旗现有千朵金莲，护住身体，青光不能下来。此正是玉虚之宝，自比别样宝贝不同。孔宣大怒，骤马赶来。子牙后队恼了邓婵玉，用手把马拎回，抓一块五光石打来。正是：

发手红光出五指，流星一点落将来。

摇戟直冲向前，抵住孔宣的刀。二将又战在虎穴龙潭之中。

孔宣被邓婵玉一石打伤面门，勒转马望本营逃回。不防龙吉公主祭起鸾飞宝剑，从孔宣背后砍来。孔宣不知，左臂上中了一剑，大叫一声，几乎堕马，负痛败进营来；坐在帐中，忙取丹药敷之，立时全愈。方把神光一抖，收了诸般法宝，仍将李靖、金木二吒监禁，切齿深恨。不表。

子牙鸣金收军回营。只见杨戬已在中军。子牙升帐，问曰：『众门人俱被拿去，你如何到还来了？』杨戬曰：『弟子仗师尊妙法，师叔福力，见孔宣神光利害，弟子预先化金光走了。』子牙见杨戬未曾失利，心上还略觉安妥，然而心下甚是忧闷：『吾师偈中说「界牌关下遇诛仙」，如何在此处有这枝人马阻住许久？似此如之奈何！』正忧闷之间，武王差小校来请子牙后帐议事。子牙忙至后帐，行礼坐下。武王曰：『闻元帅连日未能取胜，屡致损兵折将，元帅既为诸将之元首，六十万生灵俱悬于元帅掌握。今一旦信任天下诸侯狂悖，陡起议论，纠合四方诸侯，大会孟津，观政于商，致使天下鼎沸，万姓汹汹，糜烂其民。今阻兵于此，众将受羁縻之厄，三军担不测之忧，使六十万军士抛撇父母妻子，两下忧心，不能安生；使孤远离膝下，不能尽人子之礼，又有负先王之言。元帅听孤，不若回兵，固守本土，以待天时，听他人自为之，此为上策。元帅心下如何？』子牙奏曰：『大王之言虽是，老臣恐违天命。』武王曰：『天命有在，何必强为！岂有凡事阻逆之理？』子牙被武王一篇言语把心中惑动，这一回执不住主意，至前营，传令与先行官：『今夜减灶班师。』众将官打点收拾起行，不敢谏阻。二更时，辕门外来了陆压道人，忙忙急急，大呼：『传与姜元帅！』子牙方欲回兵，军政官报入：『启元帅：有陆压道人在辕门外求见。』子牙忙出迎接。二人携手至帐中坐下。子牙见陆压喘息不定，子牙曰：『道兄为何这等慌张？』陆压曰：『闻你退兵，贫道急急赶来，故尔如此。』乃对子牙曰：『切不可退兵！若退兵之时，使众门人俱遭横死。天数已定，决不差错。』子牙听陆压一番言语，也无主张，故此子牙复传令：『叫大小三军，依旧扎住营寨。』武王听见陆压来至，忙出帐相见，问其详细。陆压曰：『大王不知天意。大抵天王大法之人，自有大法之人可治。今若退兵，使被擒之将俱无回生之日。』武王听说，不敢再言退兵。且说次日，孔宣至辕门搦战。探马报入中军。陆压上前曰：『贫道一往，会会孔宣，看是如何。』陆压出了辕门，见孔宣全装甲胄。陆压问曰：『将军乃是孔宣？』宣答曰：『然也。』陆压曰：『足下既为大将，岂不知天时人事？今纣王无道，天下分崩，愿共伐独夫。足下以一人欲挽回天意耶？甲子之期乃灭纣之日，你如何阻得住？倘在高明之士出来，足下一旦失手，那时悔之晚矣。』孔宣笑曰：『料你不过草木愚夫，识得甚么天时人事！』把马一愰，来取陆压。陆压手中剑急架忙迎。步马相交，未及五六合。陆压取葫芦欲放斩仙飞刀，只见孔宣将五色神光望陆压撒来。陆压知神光利害，化作长虹而走，进得营来，对子牙曰：『果是利害，不知是何神异，竟不可解。贫道只得化长虹走来，再作商议。』子牙听见，越加烦闷。孔宣在辕门不肯回去：『只要姜尚出来见我，以决雌雄；不可难为三军苦于此地！』左右报入中军。子牙正没奈何处治。孔宣在辕门大呼曰：『姜尚有元帅之名，无元帅之行，畏刀避剑，岂是丈夫所为！』正在辕门百般辱骂子牙，只见二运官土行孙刚至辕门，见孔宣口出大言，心下大怒：『这匹夫焉敢如此藐吾元帅！』土行孙大骂：『逆贼是谁？敢如此无理！』孔宣低头，见一矮子，提条铁棍，身高不过三四尺长，孔宣笑曰：『你是个甚么东西，也来说话？』土行孙也不答话，滚到孔宣的马足下来，举棍就打。孔宣轮刀来架，土行孙身子伶俐，左右窜跳，三五合，孔宣甚是费力。土行孙见孔宣如此转折，随纵步跳出圈子，诱之曰：『孔宣，你在马上不好交兵，你下马来，与你见个彼此，吾定要拿你，方知吾的手段！』孔宣原不把土行孙放在眼里，便以此为实，暗想：『这匹夫合该死！不要讲刀砍他，只要一脚也踢做两断。』孔宣曰：『吾下马来与你战，看你如何！』这个正是：

你要成功扶纣王，谁知反中巧中机。

孔宣下马，执剑在手，往下砍来。土行孙手中棍望上来迎。二人恶战在岭下。且说报马报入中军：『启元帅：二运官土行孙运粮至辕门，与孔宣大战。』子牙着忙，恐运粮官被掳，粮道不通，令邓婵玉出辕门掠阵。婵玉立在辕门。不表。且说土行孙与孔宣步战，大抵土行孙是步战惯了的，孔宣原是马上将官，下来步战，转折甚是不疾，反

子牙忙出迎接。二人携手至帐中坐下

被土行孙打了几下。孔宣知是失计，忙把五色神光往下撒来。土行孙见五色光华来得疾速神异，知道利害，忙把身子一扭，就不见了。孔宣见落了空，忙看地下。不防邓婵玉发手打来一石，喝曰：『逆贼看石！』孔宣听得响，及至抬头时，已是打中面门，『哎呀』一声，双手掩面，转身就走。婵玉乘机又是一石，正中后颈，着实带了重伤，逃回行营。土行孙夫妻二人大喜，进营见子牙，将打伤孔宣，得胜回营的话说了一遍。子牙亦喜，对土行孙曰：『孔宣五色神光，不知何物，摄许多门人将佐。』土行孙曰：『果是利害，俟再为区处。』子牙与土行孙庆功。不表。

孔宣坐在营中大恼，把脸被他打伤二次，颈上亦有伤痕，心中大怒，只得服了丹药。次日全愈，上马，只要发石的女将，以报三石之仇。报马报入中军。邓婵玉就欲出阵。子牙曰：『你不可出去。你发石打过他三次，他岂肯善与你甘休？你今出去，必有不利。』子牙止住婵玉，吩咐：『且悬「免战牌」出去。』孔宣见周营悬挂『免战牌』，怒

气不息而回。且说次日，燃灯道人来至辕门。军政官报入中军：『启元帅：有燃灯道人至辕门。』子牙忙出辕门迎接，入帐行礼毕，尊于上坐。子牙口称『老师』，将孔宣之事一一陈诉过一遍。燃灯曰：『吾尽知之。今日特来会他。』子牙传令：『去了「免战牌」。』左右报于孔宣。孔宣知去了『免战牌』，忙上马提刀，至辕门请战。燃灯飘然而出。孔宣知是燃灯道人，笑曰：『燃灯道人，你是清静闲人，吾知你道行且深，何苦也来惹此红尘之祸？』燃灯曰：『你既知我道行深高，你便当倒戈投顺，同周王进五关，以伐独夫，如何执迷不悟，尚敢支吾也？』孔宣大笑曰：『我不遇知音，不发言语。你说你道行深高，你也不知我的根脚，听我道来：

混沌初分吾出世，两仪太极任搜求。

如今了却生生理，不向三乘妙里游。』

孔宣道罢，燃灯一时也寻思不来：『不知此人是何物得道？』燃灯曰：『你既知兴亡，深通玄理，如何天命不知，尚兀自逆天耶？』孔宣曰：『此是你等惑众之言，岂有天位已定，而反以叛逆为正之理？』燃灯曰：『你这孽障！你自恃强梁，口出大言，毫无思忖，必有噬脐之悔！』孔宣大怒，将刀一摆，就来战燃灯。燃灯口称：『善哉！』把宝剑架刀，才战二三回合，燃灯忙祭起二十四粒定海珠来打孔宣。孔宣忙把神光一摄，只见那宝珠落在神光之中去了。燃灯大惊，又祭紫金钵盂，只见也落在神光中去了。燃灯大呼：『门人何在？』只听半空中一阵大风飞来，内现一只大鹏雕来了。孔宣见大鹏雕飞至，忙把顶上盔挺了一挺，有一道红光直冲牛斗，横在空中。燃灯道人仔

细定睛，以慧眼观之，不见明白，只听见空中有天崩地塌之声。有两个时辰，只听得一声响亮，把大鹏雕打下尘埃。孔宣忙催开马，把神光来撒燃灯。燃灯借着一道祥光，自回营来，见子牙陈说利害：『不知他是何物。』只见大鹏雕也随至帐前。燃灯问大鹏曰：『孔宣是甚么东西得道？』大鹏曰：『弟子在空中，只见五色祥云护住他的身子，也像有两翅之形，但不知是何鸟。』正议之间，军政官来报：『有一道人至辕门求见。』子牙同燃灯至辕门迎接。见此人挽双抓髻，面黄身瘦，髻上戴两枝花，手中拿一株树枝，见燃灯来至，大喜曰：『道友请了！』燃灯忙打稽首曰：『道兄从何处来？』道人曰：『吾从西方来，欲会东南两度有缘者。今知孔宣阻逆大兵，特来渡彼。』燃灯已知西方教下道人，忙请入帐中。那道人见红尘滚滚，杀气腾腾，满目俱是杀运，口里只道：『善哉！善哉！』来至帐前，施礼坐下。燃灯问曰：『贫道闻西方乃极乐之乡，今到东土，济渡众生，正是慈悲方便。请问道兄尊姓大名？』道人曰：『贫道乃西方教下准提道人是也。前日广成子道友在俺西方，借青莲宝色旗，也会过贫道。今日孔宣与吾西方有缘，特来请他同赴极乐之乡。』燃灯闻言大喜曰：『道兄今日收伏孔宣，正是武王东进之期矣。』准提曰：『非但东进，孔宣得道，根行深重，与西方有缘。』准提道罢，随出营来会孔宣。不知胜负如何，且听下回分解。

第七十一回 姜子牙三路分兵

诗曰：

丞相兴兵列战车，虎贲将士实堪夸。
诸侯鼓舞皆忘我，黎庶歌讴尽弃家。
剑戟森罗飞瑞彩，旌旗掩映舞朝霞。
须知天意归仁圣，纵有征诛若浪沙。

话说准提道人上岭，大呼曰：『请孔宣答话！』少时，孔宣出营，见一道人来得蹊跷。怎见得，有偈为证，偈曰：

身披道服，手执树枝。八德池边常演道，七宝林下说三乘。顶上常悬舍利子，掌中能写没文经。飘然真道容，秀丽实奇哉。炼就西方居胜境，修成永寿脱尘埃。莲花成体无穷妙，西方首领大仙来。

话说孔宣见准提道人，问曰：『那道者通个名来！』道人曰：『我贫道与你有缘，特来同你享西方极乐世界，演讲三乘大法，无挂无碍，成就正果，完此金刚不坏之体，岂不美哉！何苦与此杀劫中寻生活耶？』孔宣大笑曰：『一派乱言，又来惑吾！』道人曰：『你听我道。我见你有歌为证，歌曰：

功满行完宜沐浴，炼成本性合天真。

天开于子方成道，九戒三皈始自新。

脱却羽毛归极乐，超出凡笼养百神。

洗尘涤垢全无染，返本还元不坏身。』

孔宣听罢大怒，把刀望道人顶上劈来。准提道人把七宝妙树一刷，把孔宣的大杆刀刷在一边。孔宣忙取金鞭在手，复望准提道人打来。道人又把七宝妙树刷来，把孔宣的鞭又刷在一边去了。孔宣止存两只空手，心上着急，忙将当中红光一撒，把准提道人撒去。燃灯看红光撒去了准提道人，不觉大惊。只见孔宣撒去了准提道人，只是睁着眼，张着嘴，须臾间，顶上盔，身上袍甲，纷纷粉碎，连马压在地下，只听得孔宣五色光里一声雷响，现出一尊圣像来，十八只手，二十四首，执定璎珞伞盖，花罐鱼肠，加持神杵、宝锉、金铃、金弓、银戟、幡旗等件。准提道人作偈曰：

宝焰金光映日明，西方妙法最微精。

千千璎珞无穷妙，万万祥光逐次生。

加持神杵人罕见，七宝林中岂易行。

今番同赴莲台会，此日方知大道成。

且说准提道人将孔宣用丝绦扣着他颈下，把加持宝杵放在他身上，口称：『道友，请现原形！』霎时间，现出一

只目细冠红孔雀来。准提道人坐在孔雀身上，一步步走下岭，进了子牙大营。准提道人曰：『贫道不下来了。』欲别子牙。子牙曰：『老师大法无边。孔宣将吾许多门人诸将不知放于何地？』准提问孔宣曰：『道友今日已归正果，当还子牙众将门人。』孔雀应曰：『俱监在行营里。』准提道人对子牙说过，别了燃灯，把孔雀一扑，只见孔雀二翅飞腾，有五色祥云紫雾盘旋，径往西方去了。

且说子牙同韦护、陆压，领众将至孔宣行营，招降兵卒。众兵见无头领，俱愿投降。子牙许之，忙至后营，放众门人。诸将等出来，至本营拜谢子牙、燃灯毕。次日，崇黑虎等回崇城。燃灯、陆压俱各归山。杨戬仍催粮去讫。子牙传令：『催动人马。』大军过了金鸡岭，一路无词。兵至汜水关，探军报入。子牙传令安营，在关下扎住大寨。怎见得：

营安胜地，寨背孤虚。南分朱雀北玄武，东按青龙西白虎。提更小校摇金铃，传箭儿郎擒战鼓。依山傍水结行营，暗伏强弓百步弩。

子牙升帐坐下，将正印佥哪吒为先行，把南宫适补后哨，住兵三日。

且说汜水关韩荣闻孔宣失机，周兵又至关下，与众将上城，看子牙人马着实整齐。但见得：

一团杀气，摆一川铁马兵戈；五彩纷纷，列千杆红旗赤帜。画戟森罗，轻飘豹尾描金五彩幡；兵戈凛冽，树立斩虎屠龙纯雪刃。密密钢锋，如列百万大小水晶盘；对对长枪，似排数千粗细冰淋尾。幽幽画角，犹如东海老龙吟；

唧唧提铃，酷似檐前铁马响。长弓初吐月，短弩似飞凫。锦帐团营如密布，旗幡绣带似层云。道服儒巾，尽是玉虚门客；红袍玉带，都系走马先行。正是：子牙东进兵戈日，我武惟扬在此行。

韩荣看子牙大营，尽是大红旗，心下疑惑。韩荣下城，在银安殿与众将官修本，差官往朝歌告急；一边点将上城，设守城之法。且说子牙在中军正坐，有先行官哪吒进前言曰：『兵至关下，宜当速战。师叔住兵不战，何也？』子牙曰：『不可。吾如今三路分兵：一路取佳梦关；一路取青龙关；佥二位总兵以取二关，非才德兼全、英雄盖世者不足以当此任。吾知非黄将军、洪将军不可。』二将至前。子牙曰：『二位可拈一阄，分为左右。』二将应喏。子牙把二阄放在桌上，只见黄飞虎拈的是青龙关；洪锦拈的是佳梦关。二将各挂红簪花，每一路分兵十万。黄飞虎的先行是邓九公；黄明、周纪、龙环、吴谦、黄飞豹、黄飞彪、黄天禄、黄天爵、黄天祥、太鸾、邓秀、赵升、孙焰红，择吉日祭旗，往青龙关去了。洪锦的先行是季康；南宫适、苏护、苏全忠、辛免、太颠、闳夭、祁恭、尹籍，分兵十万，往佳梦关去了。离了汜水关，一路上浩浩军威，人喊马嘶，三军踊跃，过了些重山重水，县府州衙，哨马报入中军：『前至佳梦关了。』洪锦传令安营。立了大寨。三军呐喊。洪锦升帐，众将参谒。洪锦曰：『兵行百里，不战自疲。候次日谁先取关走一遭？』季康应声：『愿往。』洪锦许之。季康次日上马提刀，至关下搦战。佳梦关主将胡升、胡雷、徐坤、胡云鹏正议退兵，只见报马入帅府：『启总兵：周将请战。』胡升问：『谁人退周将走一遭？』旁有徐坤领令，全装甲胄出关。季康认得是徐坤，大呼曰：『徐坤，今日天下尽属周主，汝何为尚逆天命而强战也？』

准提道人对子牙说过，别了燃灯，把孔雀一扑，只见孔雀二翅飞腾，有五色祥云紫雾盘旋，径往西方去了。

徐坤大骂：『反贼！谅尔不过一走使耳，你有何能，敢出大言！』纵马摇枪直取。季康手中刀赴面交还。两马相交，大战五十余合。季康口中念念有词，只见顶上一道黑气，黑气中现一狗头。正酣战之间，徐坤被狗夹脸一口，徐坤未曾防备，怎经得一口，不觉手中枪法大乱，早被季康手起一刀，挥于马下，枭了首级，掌鼓进营报功。不题。且说报马报与胡升，说徐坤阵亡。胡升心下甚是不乐。次日，左右又报：『有周将讨战。』胡升令胡云鹏走一遭。云鹏领令上马，提斧出得关来。看来将乃是苏全忠。胡云鹏大骂：『反贼！天下反完了，你也不可反。你姐姐是朝阳宠后，这等忘本！你好生坐在马上，待吾来擒你！』二马拨开，枪斧并举，大战龙潭虎穴。战有三四十合，胡云鹏不觉汗流。正是：

征云惨淡遮红日，海沸江翻神鬼愁。

胡云鹏哪里是苏全忠对手？只杀得马仰人翻，措手不及，被苏全忠大呼一声，把胡云鹏刺于马下，枭了首级，回营见洪锦报功。哨马又报入关中，报与主将曰：『胡云鹏失机阵亡。』胡升与胡雷曰：『贤弟，

今两阵连失二将，天命可知。况今天下归周，非止一处，俺弟兄商议，不若归周，以顺天时，亦不失豪杰之所为。』胡雷曰：『长兄之言差矣！我等世受国恩，享天子高爵厚禄，今当国家多事之秋，不思报本，以分主忧，而反说此贪生之语。常言道：「主忧臣辱。」以死报国，理之当然。长兄切不可提此伤风败俗之言！待吾明日定要成功。』胡升默然无言可对。各归营中歇息。

次日，胡雷奋勇出关，向周营讨战。报马报入中军，有南宫适出马。胡雷大呼：『南宫适慢来！』胡雷手中刀望南宫适顶门上砍来。南宫适手中刀劈面相迎。两马相交，双刀并举，一场大战。怎见得，有赞为证，赞曰：

二将凶猛俱难并，棋逢对手如枭獍。来来去去手无停，下下高高心不定。一个扶王保驾弃残生；一个展土开疆拚性命。生前结下杀人冤，两虎一伤方得胜。

南宫适与胡雷战有三四十合，被南宫适卖个破绽，胡雷用力一刀砍入南宫适怀里来，马头相交，南宫适让过刀，伸开手把胡雷生擒活捉，拿至军前，辕门下马，径进中军报功。洪锦传令：『推来。』及至众士卒将胡雷推至帐前，立而不跪。洪锦曰：『既被擒来，何得抗拒？』胡雷大骂曰：『反国逆贼！你不思报国大恩，反助恶成害，真狗彘也！吾恨不能食汝之肉！』洪锦大怒，命：『推出去，斩讫报来！』立时将胡雷推出辕门，须臾斩首号令。洪锦方与南宫适贺功。才饮酒，旗门来报：『胡雷又来讨战。』洪锦大怒，传令：『把报事官斩了！为何报事不明？』左右一声，把报事官绑出去。报事官大呼：『冤枉！』洪锦令推回来，问其故：『你报事不明，理当该斩，为何口称冤

枉？』报事官曰：『老爷，小人怎敢报事不明，外面果然是胡雷。』南宫适曰：『待末将出营，便知端的。』洪锦沉吟惊异。只见南宫适复上马出营来见，果是胡雷。南宫适大骂曰：『妖人焉敢以邪术惑吾！不要走！』纵马舞刀，二将复战。其如胡雷本事实不如南宫适，未及三十合，依旧擒胡雷下马，掌鼓进营，来见洪锦。洪锦大喜，将胡雷推至军前。洪锦不知何术，两边大小众将纷纷乱议，惊动后营。龙吉公主上中军帐来问其缘故。洪锦将胡雷的事说了一遍。龙吉公主叫把胡雷推至帐前一看，公主笑曰：『此乃小术，有何难哉！』叫把胡雷顶上头发分开，公主取三寸五分乾坤针放在胡雷泥丸宫钉将下去，立时斩了。公主曰：『此乃替身法，何足为奇！』正是：

因斩胡雷招大祸，子牙难免这场非。

话说洪锦斩了胡雷，号令在辕门。有报马报入关中：『启总兵爷：二爷阵亡，号令辕门。』胡升大惊：『吾弟不听吾言，故有丧身之厄。料成汤文武不足镇服天下诸侯。』令中军官，修纳降文书，『速献关寨，以救生民涂炭。』只见左右将纳降文表修理停当，只等差人纳款。

且说洪锦正与众将饮酒贺功，忽报：『佳梦关差官纳款。』洪锦传：『令来。』将差官令至军前，呈上文表。洪锦展开观看：

镇守佳梦关总兵胡升洎佐贰众将等，谨具降表与奉天讨逆元帅麾下：升笔仕商有年，岂意纣王肆行不道，荒淫无度，见弃于天，仇溺士庶，皇天不保，特命我周武王以张天讨。兵至佳梦关，升等不自度德，反行拒敌，致劳元戎奋

威，斩将殄兵，莫敢抵当。今已悔过改行，特修降表，遣使纳款，恳鉴愚悃，俯容改过之恩，以启更新之路，正元帅不失代天宣化之心，吊民伐罪之举，则升等不胜感激待命之至。谨表。

洪锦看罢，重赏差官：『我也不及回书，明日早进关安民便了。』来使回关，见胡升，禀曰：『洪总兵准其纳款，不及回书，明早进关。』胡升令左右将佳梦关上竖起周家旗号，打点户口册，集库藏钱粮，俟明早交割事宜。正打点间，忽报：『府外来有一穿红的道姑，要见老爷。』胡升不知就里，传令：『请来。』少时，道姑从中道而进，甚是凶恶，腰束水火绦，至殿前打稽首。胡升欠身还礼，问曰：『师父至此，有何见谕？』道姑曰：『吾乃是丘鸣山火灵圣母是也。汝弟胡雷是吾徒弟，因死于洪锦之手，吾特下山来为他复仇。汝系他同胞弟兄，不念手足之情，君臣之义，乃心向外人，而反与仇敌共立哉！』胡升听得此语，忙下拜，口称：『老师，弟子实是不知，有失迎迓，望乞恕罪。弟子非是事仇，自思兵微将寡，才浅学流，不足以当此任；况天下纷纷，俱思归周，纵然守住，终是要属他人，徒令军民日夜辛苦，弟子不得已纳降，不过救此一郡生灵耳，岂是贪生畏死之故。』火灵圣母曰：『这也罢了。只我下山，定复此仇。你可将城上还立起成汤旗号，我自有处。』胡升没奈何，又拽起成汤旗来。洪锦正打点明日进关，只见报马来报：『佳梦关依旧又拽起成汤旗号。』洪锦大怒：『这匹夫敢如此反复戏侮我！等待明日拿匹夫碎尸万段，以泄此恨！』且说火灵圣母问胡升曰：『关中有多少人马？』胡升曰：『马步军卒有二万。』圣母曰：『你挑选三千名出来与我，自下教军场教演，方有用处。』胡升即选三千熊彪大汉。圣母命三千人俱穿大红，赤足，披发，

背上帖一红纸葫芦，脚心里俱书写『风火』符印，一只手执刀，一只手执幡，下教场操演。不题。且说次日，洪锦命苏全忠关下讨战。胡升挂『免战牌』。全忠只得回营，见洪锦曰：『胡升挂「免战」二字，末将只得暂回。』洪锦怒气不息。只见火灵圣母操演人马，至一七方才精熟。那日，火灵圣母命关上去了『免战牌』，一声炮响，关中军马齐出。火灵圣母骑金眼驼，与炼成火龙兵隐在后面，先令胡升在前讨战。胡升得令，一马当先，来至军前，要洪锦出来答话。探马报入关中：『关上有胡升讨战。』洪锦闻报，上马提刀，带左右将官出营。一见胡升，大骂：『逆贼！反复无常，真乃狗彘匹夫！敢来戏侮于我！』纵马舞刀直取。胡升未及还手，只见火灵圣母催开金眼驼，用两口太阿剑，大呼：『洪锦不要走！吾来也！』洪锦仔细定睛，见道姑连人带兽，似一块火光滚来。洪锦问曰：『来者何人？』圣母答曰：『吾乃丘鸣山火灵圣母是也。你敢将吾门下胡雷杀了！吾今特来报仇。你可速速下马受死，莫待吾怒起，连累此十万生灵，死无噍类也。』道罢，将太阿剑飞来直取。洪锦手中大杆刀火速忙迎。未及数合，洪锦方欲用旗门遁以诛火灵圣母，但不知圣母头上戴一顶金霞冠，冠上有一淡黄包袱盖住，火灵圣母将包袱挑开，现出十五六丈金光，把火灵圣母笼罩当中。他看的见洪锦，洪锦看不见他，早被圣母把洪锦照前甲上一剑砍来。洪锦躲不及，已劈开锁子连环甲。洪锦『哎呀』一声，带伤而逃。火灵圣母招动三千火龙兵冲杀进大营来。好利害！怎见得好火，有赋为证，赋曰：

炎炎烈焰迎空燎，赫赫威风遍地红。却似火轮飞上下，犹如火鸟舞西东。这火不是燧人钻木，又不是老君炼丹，

非天火，非野火，乃是火灵圣母炼成一块三昧火。三千火龙兵勇猛，风火符印合五行，五行生化火煎成，肝木能生心火旺，心火致令脾土平，脾土生金金化水，水能生木彻通灵，生生化化皆因火，火燎长空万物荣。烧倒旗门无拦挡，抛锣弃鼓各逃生，焦头烂额尸堆积，为国亡身一旦空。正是：洪锦灾来难躲避，龙吉公主也遭凶。

话说洪锦身着剑伤，逃进大营，不意火灵圣母领三千火龙兵冲杀进营，势不可当。三军叫苦，自相践踏，死者不计其数。龙吉公主在后营，听得一声三军呐喊，急上马抡剑，走出中军，见洪锦伏鞍而逃，洪锦不及对龙吉公主说金光的事，龙吉公主只见火势冲天，烈烟卷起，正欲念咒救火，又见一块金光奔至面前。公主不知所以，忙欲看时，被火灵圣母举剑照龙吉公主劈来。不知性命如何，且听下回分解。

第七十二回 广成子三谒碧游宫

诗曰：

三叩玄关礼大仙，贝宫珠阙自天然。
翔鸾对舞瑶阶下，驯鹿呦游碧槛前。
无限干戈从此肇，若多诛戮自今先。
周家旺气承新命，又有西方正觉缘。

话说龙吉公主被火灵圣母一剑砍伤胸膛，大叫一声，拨转马望西北逃走。火灵圣母追赶有六七十里方回。这一阵洪锦折兵一万有余。胡升大喜，迎接火灵圣母进关。只见龙吉公主乃蕊宫仙子，今堕凡尘，也不免遭此一剑之厄。夫妻带伤而逃，至六七十里，方才收集败残人马，立住营寨。忙取丹药敷搽，一时即愈。忙作文书申姜元帅求援兵。且说差官非一日至子牙大营。子牙正坐，急报：『洪锦遣官，辕门等令。』子牙命：『令来。』差官进营叩头，呈上文书。子牙展开，书曰：

奉命东征佳梦关副将洪锦顿首百拜，奉书谨启大元戎麾下：末将以樗栎之才，谬叨重任，日夜祇惧，恐有不克负荷，有伤元帅之明。自分兵抵关之日，屡获全胜，因获逆命守关裨将胡雷，擅用妖术，被末将妻用法斩之。岂意彼师火灵圣母欲图报仇，自恃道术。末将初会战时，不知深浅，误中他火龙兵冲来，势不可解，大折一阵。乞元帅速发援

兵，以解倒悬。非比寻常可以缓视之也。谨此上书，不胜翘望之至！

话说子牙看罢大惊：『这事非我自去不可！』随吩咐李靖：『暂署大营事务，候我亲去走一遭。尔等不可违吾节制，亦不可与汜水关会兵；紧守营寨，毋得妄动，以挫军威。违者定按军法！等我回来，再取此关。』李靖领令。

子牙随带韦护、哪吒，调三千人马，离了汜水关，一路上滚滚征尘，重重杀气。非止一日，来到佳梦关安营，不见洪锦的行营。子牙升帐坐下。半晌，洪锦打听子牙兵来，夫妻方移营至辕门听令。子牙把洪锦令入中军。夫妻上帐请罪，备言失机折军之事。子牙曰：『身为大将，受命远征，须当见机而作，如何造次进兵，致有此一场大败！』洪锦启曰：『起先俱得全功，不意一道姑名曰火灵圣母，有一块金霞，方圆有十余丈罩住他，末将看不见他，他反看得见我。又有三千火龙兵，似一座火焰山一拥而来，势不可当，军士见者先走，故此失机。』子牙听罢，心下甚是疑惑：『此又是左道之术。』正思量破敌之计。且说火灵圣母在关内连日打探洪锦不见抵关。只见这一日报马报入城来，报：『姜子牙亲提兵至此。』火灵圣母曰：『今日姜尚自来，也不负我下山一场。我必亲会他，方才甘心。』别了胡升，忙上金眼驼，暗带火龙兵出关，至大营前，坐名要子牙答话。报马报入中军：『禀元帅：火灵圣母坐名请元帅答话。』子牙即便带了众将佐，点炮出营。火灵圣母大呼曰：『来者可是姜子牙么？』子牙答曰：『道友，不才便是。道友，你既在道门，便知天命。今纣恶贯盈，天人共怒，天下诸侯大会孟津，观政于商，你何得助纣为虐，逆天行事，独不思得罪于天耶！况吾非一己之私，奉玉虚符命以恭行天之罚，道友又何必逆天强为之哉。不若听吾之言，

倒戈纳降，吾亦体上天好生之仁，决不肯糜烂其民也。』火灵圣母笑曰：『你不过仗那一番惑世诬民之谈，愚昧下民。料你不过一钓叟，贪功网利，鼓弄愚民，以为己功，怎敢言应天顺人之举。且你有多大道行，自恃其能哉！』催开金眼驼，仗剑来取。子牙手中剑火速忙迎。左有哪吒，登开风火轮，使开火尖枪，劈胸就刺；韦护持降魔杵，掉步飞腾，三人战住圣母。正是：

大蟒逞威喷紫雾，蛟龙奋勇吐光辉。

火灵圣母哪里经得起三人恶战，枪杵环攻？抽身回走，用剑挑开淡黄袱，金霞冠放出金光，约有十余丈远近。子牙看不见火灵圣母，圣母提剑把子牙前胸一剑。子牙又无铠甲抵挡，竟砍开皮肉，血溅衣襟，拨转四不像望西逃走。火灵圣母大呼曰：『姜子牙！今番难逃此厄也！』三千火龙兵一齐在火光中呐喊。只见大辕门金蛇乱搅，围子内个个遭殃，火焰冲于霄汉，赤光烧尽旌旗。一会，众副将不能顾主将。正是：刀砍尸体满地，火烧人臭难闻。且言火灵圣母赶子牙，又赶至无躲无闪之处，前走的一似猛弩离弦，后赶的好似飞云掣电。子牙一来年纪高大，剑伤又疼，被火灵圣母把金眼驼赶到至紧至急之处，不得相离。子牙正在危迫之间，又被火灵圣母取出一个混元锤望子牙背上打来，正中子牙后心，翻斤斗，跌下四不像去了。火灵圣母下了金眼驼，来取子牙首级。只听得一人作歌而来：

一径松竹篱扉，两叶烟霞窗户。三卷「黄庭」，四季花开处。新诗信手书，丹炉自己扶。垂纶菱浦，散步溪山处；坐向蒲团，调动离龙虎。功夫，拔尘远世途；狂呼，啸傲兔和乌。

申公豹大怒：『你二人商议害我，今又巧语花言，希图饶你！』说未了，又是一剑。

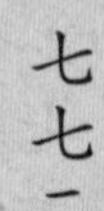

话说火灵圣母方去取子牙首级，只见广成子作歌而至。火灵圣母认得是广成子，大呼曰：『广成子！你不该来！』广成子曰：『吾奉玉虚符命，在此等你多时矣！』火灵圣母大怒，仗剑砍来。这一个轻移道步，那一个急转麻鞋，剑来剑架，剑锋斜刺一团花；剑去剑迎，脑后千团寒雾滚。火灵圣母把金霞冠现出金光来；他不知广成子内穿着扫霞衣，将金霞冠的金光一扫全无。火灵圣母大怒曰：『敢破吾法宝，怎肯干休！』气呼呼的仗剑来砍，恶恨恨的火焰飞腾，复来战广成子。广成子是犯戒之仙，他如今还存甚么念头？忙取翻天印祭在空中。正是：

圣母若逢翻天印，道行千年付水流。

话说广成子将翻天印祭起在空中，落将下来，火灵圣母哪里躲得及，正中顶门，可怜打的脑浆迸出。一灵也往封神台去了。广成子收了翻天印，将火灵圣母的金霞冠也收了，忙下山头，涧中取了水，葫芦中取了丹药，扶起子牙，把头放在膝上，把丹药灌入子牙口中，下了十二重楼。有一个时辰，子牙睁开二目，见广成子，子牙曰：『若非道兄相

救，姜尚必无再生之理。』广成子曰：『吾奉师命，在此等候多时，你该有此厄。』把子牙扶上四不像，广成子曰：『我如今去碧游宫缴金霞冠去。』

『子牙前途保重！』子牙深谢广成子：『难为道兄救吾残喘，铭刻难忘！』广成子曰：『我如今去碧游宫缴金霞冠去。』

子牙别了广成子，回佳梦关来。正行之际，忽然一阵风来，甚是利害，只见摧林拔树，搅海翻江。子牙曰：『好怪！此风如同虎至一般！』话未了时，果然见申公豹跨虎而来。子牙曰：『狭路相逢这恶人，如何是好？也罢，我躲了他罢。』子牙把四不像一兜，欲隐于茂林之中。不意申公豹先看见了子牙，申公豹大呼曰：『姜子牙！你不必躲，我已看见你了！』子牙只得强打精神，上前稽首，子牙曰：『贤弟哪里来？』申公豹笑曰：『特来会你。姜子牙，你今日也还同南极仙翁在一处不好？如今一般也有单自一个撞着我！料你今日不能脱吾之手！』子牙曰：『兄弟，我与你无仇，你何事这等恼我？』申公豹曰：『你不记得在昆仑，你倚南极仙翁之势，全无好眼相看。先叫你，你只是不睬；后又同南极仙翁辱我，又叫白鹤童儿衔我的头去，指望害我。这是杀人冤仇，还说没有！你今日金台拜将，要伐罪吊民，只怕你不能兵进五关，先当死于此地也！』把宝剑照子牙砍来。子牙手中剑架住，曰：『兄弟，你真乃薄恶之人。我与你同一师尊门下，抵足四十年，何无一点情意！及至我上昆仑，你将幻术愚我，那时南极仙翁叫白鹤童儿难你，是我再三解释，你到不思量报本，反以为仇，你真是无情无义之人也。』申公豹大怒：『你二人商议害我，今又巧语花言，希图饶你！』说未了，又是一剑。子牙大怒：『申公豹！吾让你，非是怕你，恐后人言我姜子牙不存仁义，也与你一般。你如何欺我太甚！』将手中剑来战申公豹。大抵子牙伤痕才愈，如何敌得过申公豹。只见子牙前心牵扯，后心疼痛，拨转四不像，望东就走。申公豹虎踏风云，赶来甚紧。正是子牙：

方才脱却天罗难，又撞冤家地网来。

话说申公豹赶上子牙，打一开天珠来，正中子牙后心。子牙坐不住四不像，滚下鞍鞒。申公豹方下虎来欲害子牙，不防山坡下坐着夹龙山飞龙洞惧留孙道人，他也是奉玉虚之命在此等候申公豹的，乃大呼曰：『申公豹少得无礼！我在此！我在此！』连叫两声。申公豹回头看见惧留孙，吃了一惊。他知道惧留孙利害。自思：『不好！』便欲抽身上虎而走。惧留孙笑曰：『不要走！』手中急祭捆仙绳，将申公豹捆了。惧留孙吩咐黄巾力士曰：『与我拿至麒麟崖去，等吾来发落。』黄巾力士领法旨去讫。且说惧留孙下山，挽扶子牙，靠石倚松，少坐片时；又取粒丹药服之，方才复旧。子牙曰：『多感道兄救我！伤痕未好，又打了一珠，也是吾七死三灾之厄耳。』子牙辞了惧留孙，上了四不像，回佳梦关。不表。且说惧留孙纵金光法往玉虚宫来，行至麒麟崖，见黄巾力士等候。惧留孙行至宫门前，少时，见一对提幡，一对提炉，两行羽扇分开。怎见得元始天尊出玉虚宫光景，有诗为证：

鸿濛初判有声名，炼得先天聚五行。
顶上三花朝北阙，胸中五气透南溟。
群仙队里称元始，玄妙门庭话未生。

漫道香花随辇毂，沧桑万劫寿同庚。

话说惧留孙见掌教师尊出玉虚宫来，俯伏道旁，口称：『老师万寿！』元始天尊曰：『好了！你们也拨开云雾，不久返本还元。』惧留孙曰：『奉老师法旨，将申公豹拿至麒麟崖，听候发落。』元始听说，来至麒麟崖，见申公豹捉在那里。元始曰：『业障！姜尚与你何仇，你邀三山五岳人去伐西岐？今日天数皆完，你还在中途害他，若不是我预为之计，几乎被你害了。如今封神一切事体要他与我代理，应合佐周；你如今只要害他，使武王不能前进。』命黄巾力士：『揭起麒麟崖，将这业障压在此间，待姜尚封过神再放他！』看官：元始天尊岂不知道要此人收聚『封神榜』上三百六十五位正神？故假此难他，恐他又起波澜耳。黄巾力士来拿申公豹要压在崖下。申公豹口称：『冤枉！』元始曰：『你明明的要害姜尚，何言冤枉？也罢，我如今把你压了，你说我偏向姜尚，你如再阻姜尚，你发一个誓来。』申公豹发一个誓愿，只当口头言语，不知出口有愿。公豹曰：『弟子如再要使仙家阻当姜尚，弟子将身子塞了北海眼！』元始曰：『是了。放他去罢。』申公豹脱了此厄而去。惧留孙也拜辞去了。

且说广成子打死了火灵圣母，径往碧游宫来。这个原是截教教主所居之地。广成子来至宫前。好所在！怎见得，有赋为证：

烟霞凝瑞霭，日月吐祥光。老柏青青与山岚，似秋水长天一色；野卉绯绯同朝霞，如碧桃丹杏齐芳。彩色盘旋，尽是道德光华飞紫雾；香烟缥缈，皆从先天无极吐清芬。仙桃仙果，颗颗恍若金丹；绿杨绿柳，条条浑如玉线。时闻黄鹤鸣皋，每见青鸾翔舞。红尘绝迹，无非是仙子仙童来往；玉户常关，不许那凡夫俗女闲窥。正是：无上至尊行乐地，其中妙境少人知。

话说广成子来至碧游宫外，站立多时。里边开讲『道德玉文』。少时，有一童子来。广成子曰：『那童子，烦你通报一声，宫外有广成子求见老爷。』童儿进宫，至九龙沉香辇下禀曰：『启老爷：外有广成子至宫外，不敢擅入，请法旨定夺。』通天教主曰：『着他进来。』广成子进至里边，倒身下拜：『弟子愿师叔万寿无疆！』通天教主曰：『广成子，你今日至此，有何事见我？』广成子将金霞冠奉上：『弟子启师叔：今有姜尚东征，兵至佳梦关，此是武王应天顺人，吊民伐罪，纣恶贯盈，理当剿灭。不意师叔教下门人火灵圣母仗此金霞冠，前来阻逆大兵，擅行杀害生灵，糜烂士卒：头一阵剑伤洪锦并龙吉公主；第二阵又伤姜尚，几乎丧命。弟子奉师尊之命，下山再三劝慰。彼仍恃宝行凶，欲伤弟子。弟子不得已，用了翻天印，不意打中顶门，以绝生命。弟子特将金霞冠缴上碧游宫，请师叔法旨。』通天教主曰：『吾三教共议封神，其中有忠臣义士上榜者；有不成仙道而成神道者。各有深浅厚薄，彼此缘分，故神有尊卑，死有先后。吾教下也有许多。此是天数，非同小可，况有弥封，只至死后方知端的。广成子，你与姜尚说，他有打神鞭，如有我教下门人阻他者，任凭他打。前日我有谕帖在宫外，诸弟子各宜紧守，他若不听教训的，是自取咎，与姜尚无干。广成子去罢！』广成子出了碧游宫，正行，只见诸大弟子在旁听见掌教师尊吩咐『凡吾教下弟子不遵训诲，任凭他打』，众弟子心下甚是不服，俱在宫外等他。旁边有最不忿的是金灵圣母、无当圣母，对众言曰：『火灵圣母是多宝道人门下，广成子打死了他，就是打我等一样。他还来缴金霞冠，明明是欺蔑吾教！我等师尊又不察其事，反吩咐任他打，是明明欺吾等无人物也！』此时恼了龟灵圣母，大叫曰：『岂有此理！他打死火灵圣母，还来缴金霞冠！待吾去拿了广成子，以泄吾等之恨！』龟灵圣母仗剑砍来，大呼：『广成子不要走！我来了！』广成子站住，见他来的势局不同，广成子陪笑迎来，问曰：『道兄有何吩咐？』龟灵圣母曰：『你把吾教门人打死，还到此处来卖精神，分明是欺蔑吾教，显你等豪强，情殊可恨！不要走！我与火灵圣母报仇！』仗剑砍来。广成子将手中剑架住，言曰：『道友差矣！你的师尊共立「封神榜」，岂是我等欺他，是他自取。也是天数该然，与我何咎！道友言替他报仇，真是不谙事体！』龟灵圣母大怒曰：『还敢以言语支吾！』不由分说，又是一剑。广成子正色言曰：『我以礼谕你，你还是如此，终不然我怕你不成？纵是我师长，也只好让你两剑。』龟灵圣母又是一剑。广成子大怒，面皮通红，仗宝剑相还。两家未及数合，广成子祭翻天印打来。龟灵圣母见此印打下来，招架不住，忙现原身，乃是个大乌龟。昔苍颉造字而有龟文羽翼之形，就是那时节得道的，修成人形；原是一个母乌龟，故此称为『圣母』。彼时金灵圣母、多宝道人见龟灵圣母现了原身，各人面上俱觉惭愧之极，甚是追悔。只见虬首仙、乌云仙、金光仙、金牙仙大呼：『广成子，你欺吾教，不是这等！』数人发怒，一齐仗剑赶来。广成子自思：『吾在他家里，身入重地；自古道「单丝不成线」，反为不美。』广成子又见他们重重围来：『不若还奔碧游宫，见他师尊，自然解释。』乃不等通报，径自投台下来。通天教主曰：『广成子，你又来有甚话说？』广成子跪而启曰：『师叔吩

咐，弟子领命下山。不知师叔门人龟灵圣母同许多门人来为火灵圣母复仇。弟子无门可入，特来见师叔金容，求为开释！』通天教主命水火童儿：『把龟灵圣母叫来！』少时，龟灵圣母至法台下行礼，口称：『弟子在。』通天教主曰：『你为何去赶广成子？』龟灵圣母曰：『广成子将吾教下门人打死，反上宫来献金霞冠，分明是欺蔑吾教！』通天教主曰：『吾为掌教之主，反不如你等？此是你不守我谕言，自取其祸，大抵俱是天数，我岂不知？广成子把金霞冠缴来，正是尊吾法旨，不敢擅用吾宝。尔等乃是狼心野性，不守我清规，大是可恶！将龟灵圣母革出宫外，不许入宫听讲！』遂将龟灵圣母革出。两旁恼了许多弟子，私相怨曰：『今为广成子，反把自家门弟子轻辱，师尊如何这样偏心？』大家俱不忿，尽出门来。只见通天教主吩咐广成子：『你快去罢！』广成子拜谢了教主，方才出了碧游宫，只见后面一起截教门人赶来，只叫：『拿住了广成子以泄吾众人之恨！』广成子听得着慌：『这一番来得不善！欲径往前行，不好；欲与他抵敌，寡不敌众；不若还进碧游宫，才免得此厄。』看官：广成子你原不该来！这正应了『三谒碧游宫』。正是：

沿潭撒下钩和线，从今钓出是非来。

话说广成子这一番慌慌张张跑至碧游宫台下，来见通天教主，不知吉凶如何，且听下回分解。

第七十三回　青龙关飞虎折兵

诗曰：

流水滔滔日夜磨，不知乌兔若奔梭。
才看苦海成平陆，又见苍桑化碧波。
熊虎将军餐白刃，英雄俊杰饮干戈。
迟蚤只因天数定，空教血泪滴婆娑。

话说广成子三进碧游宫，又来见通天教主，双膝跪下。教主问曰：『广成子，你为何又进我宫来？全无规矩，任你胡行！』广成子曰：『蒙师叔吩咐，弟子去了，其如众门人不放弟子去，只要与弟子并力。弟子之来，无非敬上之道，若是如此，弟子是求荣反辱。望老师慈悲发付弟子，也不坏师叔昔日三教共立「封神榜」的体面。』通天教主听说，怒曰：『水火童子快把这些无知畜生唤进宫来！』只见水火童子领法旨出宫来，见众门人，曰：『列位师兄，老爷发怒，唤你等进去。』众门人听师尊呼唤，大家没意思，只得进宫来见。通天教主喝曰：『你这些不守规矩的畜生！如何师命不遵，恃强生事？这是何说！广成子是我三教法旨扶助周武，这是应运而兴。他等逆天行事，理当如此。你等如何还是这等胡为？情实可恨！』直骂得众人们面面相觑，低头不语。通天教主吩咐广成子曰：『你只奉命而行，不要与这些人计较。你好生去罢！』广成子谢过恩，出了宫，径回九仙山去了。后有诗叹曰：

广成奉旨涉先天，只为金霞冠欲还。
不是天心原有意，界牌关下有『诛仙』。

话说通天教主曰：『姜尚乃是奉吾三教法旨，扶佐应运帝王。这三教中都有在「封神榜」上的。广成子也是犯教之仙，他就打死火灵圣母，非是他来寻事做，这是你去寻他，总是天意。尔等何苦与他做对？连我的训谕不依，成何体面！』众门人未及开言，只见多宝道人跪下禀曰：『老师圣谕，怎敢不依？只是广成子太欺吾教，妄自尊大他的玉虚教法，辱詈我等不堪，老师哪里知道？到把他一面虚词当做真话，被他欺诳过了。』通天教主曰：『「红花白藕青荷叶，三教原来总一般。」他岂不知，怎敢乱说欺弄。你等切不可自分彼此，致生事端。』多宝道人曰：『老师在上：弟子原不敢说，只今老师不知详细，事已至此，不得不以直告。他骂吾教是左道旁门，「不分披毛带角之人，湿生卵化之辈，皆可同群共处。」他视我为无物，独称他玉虚道法为「无上至尊」，所以弟子等不服也。』通天教主曰：『我看广成子亦是真实君子，断无是言。你们不要错听了。』多宝道人曰：『弟子怎敢欺诳老师！』众门人齐曰：『实有此语。这都可以面质。』通天教主笑曰：『我与羽毛相并，他师父却是何人？我成羽毛，他师父也是羽毛之类。这畜生这等轻薄！』吩咐金灵圣母：『往后边取那四口宝剑来。』少时，金灵圣母取一包袱，内有四口宝剑，放在案上。教主曰：『多宝道人过来，听我吩咐：他既是笑我教不如，你可将此四口宝剑去界牌关摆一诛仙阵，看阐教门下那一个门人敢进吾阵！如有事时，我自来与他讲。』多宝道人请问老师：『此剑有何妙用？』通天教主曰：

『此剑有四名：一曰「诛仙剑」，二曰「戮仙剑」，三曰「陷仙剑」，四曰「绝仙剑」。此剑倒悬门上，发雷振动，剑光一幌，任从他是万劫神仙，也难逃得此难。』昔曾有赞，赞此宝剑，赞曰：

非铜非铁又非钢，曾在须弥山下藏。不用阴阳颠倒炼，岂无水火淬锋芒？『诛仙』利，『戮仙』亡，『陷仙』到处起红光；『绝仙』变化无穷妙，大罗神仙血染裳。

话说通天教主将此剑付与多宝道人，又与一诛仙阵图，言曰：『你往界牌关去，阻住周兵，看他怎样对你。』多宝道人离了高山，径往界牌关去。不表。

且说子牙自从遇申公豹得脱回佳梦关来。周营内差人四下里打探子牙消息。只见哪吒蹬风火轮，四下找寻。子牙正策四不像前行，恰好遇着韦护。韦护大喜，上前安慰子牙曰：『自火龙兵冲散人马，急切难以收聚。不意火灵圣母赶师叔去。那些兵原是左道邪术，见没有主将作法驱逐，一时火光灭了，并无有一些手段。被我等收回兵，复一阵杀的他干净。只是不见师叔。如今哪吒等四路去打探，不期弟子在此得遇尊颜，我等不胜幸甚！』有探事官飞奔中军，来报于洪锦。洪锦远迎。子牙进辕门，众将欢喜。收点人马，计算又折了四五千军卒。子牙把火灵圣母、申公豹的事对众军将细说一遍。众人贺喜。子牙吩咐整顿人马，离佳梦关五十里。住了三日，子牙方整点士卒，一声炮响，复至关下安营。且说胡升在关内不知火灵圣母吉凶，又听得报马来报，子牙兵复至关下，胡升大惊：『姜尚兵又复至，火灵圣母休矣！』急与佐贰官商议：『前日已是降周，平空而来火灵圣母搅扰这场，使吾更变一番，虽然胜了姜子牙二阵，成得甚事！如今怎好相见？』旁有佐贰官王信曰：『如今元帅把罪名做在火灵圣母身上，彼自不罪元帅也。这也无妨。』胡升曰：『此言也有理。』就差王信具纳降文书，前往周营来见子牙。有军政官报入中军：『启元帅：关内差官下文书，请令定夺。』子牙传令：『令来。』王信来至中军，呈上文书。子牙展于案上观看，书曰：

纳降守关主将胡升暨大小将佐等，顿首上书于西周大元帅麾下：不职升谬承司阃，镇守边关，谨慎小心，希图少尽臣节以报主知；孰意皇天不眷，降灾于殷，天愁人叛，致动天下诸侯观政于商。日者元帅率兵抵关，升弟胡雷与火灵圣母不知天命，致逆王师，自罹于祸，悔亦无及。升罪固宜罔赦，但元帅汪洋之度，好生之人，无不覆载。今特遣裨将王信薰沐上书，乞元帅下鉴愚悃，容其纳降，以救此一方民，真时雨之师，万姓顶祝矣。胡升再顿首谨启。

子牙看书毕，问王信曰：『你主将既已纳款，吾亦不究往事。明日即行献关，毋得再有推阻。』洪锦在旁言曰：『胡升反复不定，元帅不可轻信，恐其中有诈。』子牙曰：『前日乃是他兄弟违傲，与火灵圣母自恃左道之术故耳。以我观，胡升乃是真心纳降也。公无多言。』随令王信：『回复主将，明日进关。』王信领令，进关来见胡升，将子牙言语尽说一遍。胡升大喜，随命关上军士立起周家旗号。次日，胡升同大小将领率百姓出关，手执降旗，焚香结彩，迎子牙大势人马进关。来至帅府堂上坐下，众将官侍立两旁。只见胡升来至堂前行礼毕，禀曰：『末将胡升一向有意归周，奈吾弟不识天时，以遭诛戮。末将先曾具纳降文表与洪将军，不期火灵圣母要阻天兵，末将再三阻挡不住，致有得罪于元帅麾下，望元帅恕末将之罪。』子牙曰：『听你之言，真是反覆不定：头一次纳降，非你本心。你见关内无将，故尔来至帅府堂上坐下，众将官侍立两旁。

偷生。及见火灵圣母来至，汝便欺心，又思故主。总是暮四朝三之小人，岂是一言以定之君子。此事虽是火灵圣母主意，也要你自己肯为，我也难以准信。留你久后必定为祸。』命左右：『推出斩之！』胡升无言抵塞，追悔无及。左右将胡升绑出帅府。少时，见左右将首级来献。子牙命拿出关前号令。子牙平定了佳梦关，令祁恭镇守。子牙把户口查明，即日回兵至汜水兵。李靖领众将辕门迎接。子牙至后营见武王，将取佳梦关一事奏知武王。武王置酒在中军与子牙贺功。不表。

且说黄飞虎领十万雄师往青龙关来，一路浩浩军威，纷纷杀气。一日哨马报入中军：『启总兵：人马已至青龙关，请令安营。』黄总兵传令：『安下行营。』放炮呐喊。话说这青龙关镇守大将乃是丘引，副将是马方、高贵、余成、孙宝等。闻周兵来至，丘引忙升厅坐下，与众将议曰：『今日周兵无故犯界，甚是狂悖，吾等正当效力之时，各宜尽心报国。』众将官齐曰：『愿效死力。』人人俱摩拳擦掌，个个勇往直前。且说黄总兵升帐曰：『今日已抵关隘，谁去见头一阵立功？』邓

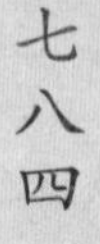

邓九公乃久经战场上将，马方哪里是他的对手？正战间，被九公卖个破绽，人喝一声，将马方劈于马下。

九公曰：『愿往。』飞虎曰：『将军一往，必建奇功。』邓九公上马出营，至关下搦战。哨探马报入帅府。丘引急令马方：『去见头阵，便知端的。』马方上马提刀，开放关门，两杆旗开，见邓九公红袍金甲，一骑马飞临阵前。马方大呼曰：『反贼慢来！』九公曰：『马方，你好不知天时！方今兵连祸结，眼见成汤亡于旦夕，尔尚敢来出关会战也！』马方大骂：『逆天泼贼，欺心匹夫，敢出妄言，惑吾清听！』纵马摇枪飞来直取。邓九公手中刀急架忙迎。二马盘旋，大战有三十回合。邓九公乃久经战场上将，马方哪里是他的对手？正战间，被九公卖个破绽，大喝一声，将马方劈于马下。邓九公找了首级，掌得胜鼓回营，来见黄飞虎，将马方首级献上。黄总兵大喜，上九公首功，具酒相庆。

且说败兵报进关来：『禀元帅：马方失机，被邓九公枭了首级，号令周营。』丘引听报，只气得三尸神暴跳，七窍内生烟。次日，亲自提兵出关。黄飞虎正议取关一事，见哨马报入中军：『青龙关大队摆开，请总兵答话。』黄飞虎传令：『也把大队人马摆出。』炮声响处，大红

旗展，好雄威人马出来！正是：

人是欢彪撺阔涧，马如大海老龙腾。

话言丘引见黄飞虎，左右分开大小将官，一马当先，大叫：『黄飞虎负国忘恩，无父无君之贼！你反了五关，杀害朝廷命官，劫纣王府库，助姬发为恶，今日反来侵扰天子关隘，你真是恶贯满盈，必受天诛！』黄飞虎笑曰：『今天下会兵，纣王亡在旦夕，你等皆无死所！马前一卒，有多大本领，敢逆天兵耶！』飞虎回顾左右：『哪一员战将与吾拿了丘引？』后有黄天祥应曰：『待吾来擒此贼！』天祥年方十七岁，正所谓『初生之犊不惧虎』，催开战马，摇手中枪冲杀过来。这壁厢有高贵摇斧接住。两马相交，枪斧并举。黄天祥也是『封神榜』上之人，力大无穷。来来往往，未及十五回合。一枪刺中高贵心窝，翻鞍下马。丘引大呼一声：『气杀吾也！不要走，吾来也！』丘引银盔素铠，白马长枪，飞来直取天祥。黄天祥见丘引自至，心下暗喜：『此功该吾成也！』摇手中枪劈面相还。好杀！怎见得，正是：

棋逢敌手难藏兴，将遇良才好奏功。

黄天祥使发了这条枪，如风驰雨骤，势不可当。丘引自觉不能胜。天祥今会头阵，如此英勇，枪法更神。有赞为证，赞曰：

乾坤真个少，盖世果然稀。老君炉里炼，曾敲十万八千锤。磨塌太行山顶石，湛乾黄河九曲溪。上阵不沾尘世界，回来一阵血腥飞。

话说黄天祥使开枪，把丘引杀得只有招架之功，更无还兵之力。旁有丘引副将孙宝、余成两骑马，两口刀，杀奔前来助战。邓九公见二将前来协助，邓九公奋勇走马，刀劈了余成，翻鞍落马。孙宝大怒，骂曰：『好匹夫！焉敢伤吾大将！』转回来力敌九公。话说丘引被黄天祥战住，不得闲空，纵有左道之术，不能使出来；又见邓九公走马刀劈了余成，心下急躁。黄天祥卖了个破绽，一枪正中丘引左腿。丘引大叫一声，拨转马就走。黄天祥挂下枪，取弓箭在手，拽满弓弦，往后心射来，正中丘引肩窝。孙宝见主将败走，心下着慌，又被邓九公一刀把孙宝挥于马下，枭了首级。黄飞虎掌鼓进营。正是：

只知得胜回营去，哪晓儿男大难来？

话说丘引败进高关，不觉大怒：『四员副将尽被两阵杀绝，自己又被这黄天祥枪刺左腿，箭射肩窝，候明日出阵，拿住此贼，碎尸万段，以泄此恨！』看官：丘引乃曲鳝得道，修成人体，也善左道之术。此人自用丹药敷搽，即时全愈。到三日后，上马提枪，至周营前，只叫：『黄天祥来见我！』哨马报入中军，黄天祥又出来会战。丘引见了仇人，不答话，摇枪直取天祥。黄天祥手中枪急架忙迎。二马交锋，来往战有三十回合。黄天祥看丘引顶上银盔露出发来，暗想：『此贼定有法术，恐遭毒害。』天祥心生一计，把枪丢了一空。丘引要报前日之仇，乘空一枪刺来，刺了个空，跌在黄天祥怀里来。黄天祥掣出银装锏来，好锏！怎见得，有赞为证，赞曰：

宝攒玉靶，金叶厢成，绿绒绳穿就护手，熟铜抹就光辉。打大将翻鞍落马，冲行营鬼哭神悲。亚断三环剑，磕折丈八枪。寒凛凛，有甚三冬雪；冷溲溲，赛过九秋霜。

话说丘引被黄天祥一锏，正中前面护心镜上，打得丘引口喷鲜血，几乎落下鞍鞒，败进关内，闭门不出。黄天祥得胜回营，来见父亲，说丘引闭门不出。黄飞虎与邓九公共议取关之策。不表。

且说丘引被这一锏打得吐血不止，忙服丹药，一时不能全愈；切齿深恨黄天祥于骨髓，在关内保养伤痕。次日，周兵攻打青龙关，丘引锏伤未愈，上城来亲自巡视，千方百计防设守关之法。大抵此关乃朝歌保障之地，西北藩屏，最是紧要。城高濠深，急切难以攻打。周兵一连攻打三日，不能得下。黄飞虎见此关急切难下，传令：『鸣金。』收回人马，再作良谋。丘引见周兵退去，也下城来，至帅府坐下，心中纳闷。忽报：『督粮官陈奇听令。』丘引令至殿前。陈奇打躬曰：『催粮应济军需，不曾违限，请令定夺。』丘引曰：『催粮有功，总为朝廷出力。』陈奇问：『周兵至此，元帅连日胜负如何？』丘引答曰：『姜尚分兵取关，惟恐吾断他粮道，连日与他会战，不意他将佐骁勇，邓九公杀吾佐贰官，黄天祥枪马强胜，吾被他中枪，箭射，锏打。若是拿住这逆贼，必分化其尸，方泄吾恨！』陈奇曰：『元帅只管放心，等末将拿来，报元帅之恨。』次日，陈奇领本部飞虎兵，坐火眼金睛兽，提手中荡魔杵，至周营搦战。哨马报入中军：『启元帅：关上有将搦战。』黄飞虎问曰：『谁将出马？』邓九公曰：『末将愿领人马。』九公绰兵刃在手，径出营来。一见对阵鼓响，一将当先，提荡魔杵，坐金眼兽，邓九公问曰：『来者何人？』陈奇曰：『吾乃督粮官陈奇是也。你是何人？』邓九公答曰：『吾乃西周东征副将邓九公是也。前者丘引失机，闭门不出，你想是先来替死，然而也做不得他的名下！』

九公见此黄气，坐不住鞍鞒，翻身落马，邓九公被飞虎兵一拥上前，生擒活捉，拿进高关，三军呐喊。

陈奇大笑曰：『看你这匹夫如婴儿草莽，你有何能！』便催开金睛兽，使开荡魔杵，劈胸就打。邓九公大杆刀赴面交还。兽马交锋，刀杵并举。两家大战三十回合，邓九公的刀法如神，陈奇用的是短兵器，如何抵挡得住。陈奇把荡魔杵一举，他有三千飞虎兵，手执挠钩套索，如长蛇阵一般，飞奔前来，有拿人之状。邓九公不知缘故。陈奇原是左道，有异人秘传，养成腹内一道黄气，喷出口来，凡是精血成胎者，必定有三魂七魄，见此黄气，则魂魄自散。九公见此黄气，坐不住鞍鞒，翻身落马，邓九公被飞虎兵一拥上前，生擒活捉，拿进高关，三军呐喊。丘引正坐，左右报入府来：『禀元帅：陈奇捉了邓九公听令。』丘引大悦，令左右：『推来！』邓九公及至醒来，身上已是绳索绑缚，莫能转挫。左右推至丘引面前，九公大骂曰：『匹夫以左道之术擒吾，我就死也不服！今既失机，有死而已。吾生不能啖汝血肉，死后必为厉鬼以杀叛贼！』丘引大怒，令：『推出斩之！』可怜邓九公归周，不能会诸侯于孟津，今日全忠于周主。正是：

功名未遂扶王志，今日逢危已尽忠。

话说丘引发出行刑牌出府，将邓九公首级号令于关上。有哨探马报入中军：『启老爷：邓九公被陈奇口吐黄气，拿了进关，将首级号令城上。』黄飞虎大惊曰：『邓九公乃大将之才，不幸而丧于左道之术。』心中甚是伤感。

话说丘引治酒与陈奇贺功。次日，陈奇又领兵至周营搦战。报马报入中军。旁有九公佐贰官太鸾大怒曰：『末将不才，愿与主将报仇。』黄飞虎许之。太鸾上马出营，与陈奇相对，也不答话，大战二十回合。陈奇把杵一举，后面飞虎兵拥来。陈奇把嘴一张，太鸾依旧落马，被众人擒拿进关见丘引。丘引曰：『此乃从贼，且不必斩他，暂送下囹圄，俟拿了主将，一齐上囚车解往朝歌，以尽国法，又不负汝之功耳。』陈奇大喜。且说黄总兵见又折了太鸾，心下甚是不乐。只见次日来报：『陈奇搦战。』黄将军问左右：『谁去走一遭？』话未了，只见旁边走过三子黄天禄、黄天爵、黄天祥应曰：『不肖三人愿往。』黄飞虎吩咐：『须要仔细！』三人应声曰：『知道。』弟兄三人上马，径出营来。陈奇问曰：『来者何人？』黄天禄答曰：『吾乃开国武成王三位殿下：黄天禄、天爵、天祥是也。』陈奇暗喜：『正要拿这业畜，他恰自来送死！』催开金睛兽，也不答话，使开荡魔杵，飞来直取天禄兄弟。三人三条枪，急架忙迎，四马交锋。怎见得一场好杀：

四将阵前发怒，颠开兽马相持。长枪愰愰闪虹霓，荡魔杵发来峻利。这一个拚命舍死定输赢；那三个为国亡家分轩轾。些儿失手命难存，留取清名传万世。

三匹马裹住了陈奇一匹金睛兽，大战在龙潭虎穴。不知吉凶如何，且听下回分解。

第七十四回　哼哈二将显神通

诗曰：

二将相逢各有名，青龙关遇定输赢。
五行道术皆堪并，万劫轮回共此生。
黄气无声能覆将，白光有影更擒兵。
须知妙法无先后，大难来时命自倾。

话说黄天禄兄弟三人裹住陈奇，忽一枪正中陈奇右腿。陈奇将坐骑跳出圈子外边。黄天禄随后赶来。陈奇虽然腿上有伤，他的道术自在，他把荡魔杵一举，只见飞虎兵蜂拥而来，将腹内炼成黄气喷出，黄天禄滚下鞍鞒，早被飞虎兵挠钩搭住，生擒活捉了，进关来见丘引。丘引吩咐，也把黄天禄监禁了。话说黄天爵、黄天祥回营见父，言兄被擒。黄总兵十分不乐，遣官打听可曾号令。探事官回报：『启老爷，不曾号令。』话说陈奇腿上有伤，自用丹药敷搽。只见次日，丘引伤痕全愈，要来报仇，乃不戴头盔，顶上戴一金箍，似陀头样，贯甲披袍，上马拎枪，来奔至周营，坐名要黄天祥决战。报马报入营中，天祥便欲出战。飞虎阻挡不住。天祥上马提枪，出营来见是丘引，大叫曰：『丘引，今日定要擒你见功！』催开马，摇手中枪，直刺丘引。丘引枪赴面交还。二马盘旋，双枪并举，大战在关下。黄天祥这根枪如风狂雨骤，势不可当。丘引招架不住，掩一枪，勒回马往关前就走。黄天祥不知好歹，随后赶来。只

见丘引顶上长一道白光，光中分开，里面现出碗大一颗红珠，在空中滴溜溜只是转。丘引大叫：『黄天祥，你看吾此宝！』黄天祥不知所以，抬头看时，不觉神魂飘荡，一会儿便不知南北西东，昏昏惨惨，被步下军卒生擒下马，绳缚二臂。及至醒时，已被捉住。丘引大喜，掌鼓进关。正是：

可惜年少英雄客，化作南柯梦里人！

且说丘引拿住黄天祥进关，升堂坐下，传令两边：『把黄天祥推来！』众人将黄天祥推至面前。黄天祥气冲斗牛，厉声大呼曰：『丘引，你这逆贼，敢以妖术成功，非大丈夫也！我死不足惜，当报国恩。若姜元帅兵临，你这匹夫有粉骨碎身之祸！既被你擒，快与我一死！吾定为厉鬼以杀贼！』丘引大怒曰：『你这叛贼，反出语伤人！你箭射、锏打、枪刺，你心下便自爽然。今日被擒，不自求生，又以恶语狂言辱吾！』天祥睁目大骂：『逆贼！我恨不得枪穿你肺腑，锏打碎你天灵，箭射透你心窝，方称我报国忠心！今不幸被擒，自分一死，何必多言，做出那等的模样！』丘引大怒，命左右：『先枭了首级，仍风化其尸，挂在城楼上！』少时，哨马报入周营：『启老爷：四公子被丘引拿去，枭了首级，把尸骸挂城楼上，风化其尸，请军令定夺。』黄飞虎听报，大叫一声，跌倒在地。众将扶起。黄总兵放声大哭曰：『吾生四子，不能为武王至孟津大会诸侯以立功，今方头一座关隘，先丧吾三子！』黄飞虎思子，作诗一首以志感，诗曰：

为国捐躯赴战场，丹心可并日争光。

几番未灭强梁寇，左术擒几年少亡。

话说黄总兵见事机如此，忙修告急申文，连夜差使臣往汜水关老营中，见子牙求救。使臣在路，也非一日，来至行营。旗门官报入中军：『启元帅：黄总兵遣官在辕门等令。』子牙传令：『令来。』使臣至帐前行礼，将申文呈上。子牙拆开看毕，大惊曰：『可惜邓九公、黄天祥俱死于非命！』着实伤悼。只见邓婵玉哭上帐来：『禀上元帅：末将愿去为父报仇。』子牙许之；又点先行官哪吒同往。哪吒大喜，领了将令，星夜往青龙关来。哪吒风火轮来的快，便先行；婵玉随营行走。只见哪吒霎时就到青龙关了。正是：

顷刻行千里，须臾至九州。

话说哪吒至营前。报入中军：『有先行官哪吒辕门听令。』黄总兵忙叫：『请来。』哪吒进中军行礼毕，黄总兵曰：『吾奉令分兵至此，不幸子亡兵败，邓九公竟被左术丧身，吾在此待罪请援。今先行官至此，吾辈不胜幸甚！』哪吒曰：『小将军丹心忠义，为国捐躯，青史简篇，永垂不朽，亦不辜负将军教养之功。』次日，哪吒上风火轮，提火尖枪，往关下搦战。猛见黄天祥之尸，大怒曰：『吾拿住丘引，定以此为例！』大叫：『城上报事官！快传与丘引，早来洗颈受戮！』报马报入帅府：『有将请战。』丘引听报，自恃己能，依旧是陀头打扮，竟出关门。看见一人蹬风火轮而来，大呼曰：『来者莫非是哪吒么？』哪吒大骂曰：『你这匹夫！黄天祥与你不过敌国之仇，彼此为国，不过枭首；又有何罪，你竟欲风化其尸！我今拿住你，定碎醢汝尸，为天祥泄恨！』把火尖枪摆动，直取丘引。丘引

以枪急架相还。二马相交，双枪并举。来往战杀二三十合，丘引就走。哪吒赶来，丘引依旧把头上白气升出，现那一颗红珠出来在空中旋转。丘引把哪吒当做凡胎肉体，不知他是莲花化身，便大叫曰：『哪吒！你看吾之宝！』哪吒抬头看见，大笑曰：『无知匹夫！此不过是个红珠儿，你叫我看他怎的！』丘引大惊：『吾得道修成此珠，捉将擒军，无不效验，今日哪吒看见，如何不昏于轮下！』心中已是着忙，只得勒回马来又战；被哪吒用乾坤圈打来，正中丘引肩窝，打的筋断骨折，伏鞍而逃，败回关去。哪吒得胜回营，来见黄飞虎。不表。

且说土行孙催粮至子牙大营，见元帅回令毕，土行孙下殿，不见邓婵玉，问其故，武吉曰：『黄飞虎求救兵，中文言你岳翁阵亡，你夫人去了。』土行孙听得邓九公已死，着实伤悼，忙忙领子牙催粮箭，督二运径往青龙关来，不一日至辕门。探马报入中军，黄飞虎令：『请来。』土行孙来至帐前行礼毕，黄飞虎曰：『邓九公为左术阵亡，吾子二人被擒，天祥被丘引逆贼风化其尸。今日先行哪吒打丘引一乾坤圈，逆贼未曾授首。』土行孙曰：『待末将今晚且将天祥尸首盗出，用棺木收殓，明日好擒丘引以报此仇。』土行孙下帐来，与邓婵玉等相见。只至到晚，土行孙借地行术，径进关来。先在里边走了一番。及行到囹圄之中，看见太鸾、黄天禄。时至二更，四下里人声寂静，土行孙钻上来，悄悄的叫：『黄天禄，我来了。你放心，不久就取关了。』黄天禄听的是土行孙声音，大喜曰：『速些才妙！』土行孙曰：『不必吩咐。』土行孙说了信，径至城楼上，把绳子割断，天祥的尸首吊在关外。周纪收去尸首。黄飞虎看见子尸，放声大哭曰：『年少为国，致捐其躯，真为可惜！』急用棺木收尸。黄飞虎自思想：『吾生四子，今丧三人，今日不若命黄天爵送天祥尸首回西岐去，早晚亦可侍奉吾父，一则不失黄门之后，二则使我忠孝两全。』黄飞虎打发第三子黄天爵押送车回西岐去了。且说丘引被哪吒打伤，次日升厅纳闷。只见巡城军士来报：『黄天祥尸首夜来不知被何人割断绳子，将尸首盗去。』丘引听报，愈加愁闷。陈奇大怒：『不才出关，拿来为主将报仇！』说罢，领本部飞虎兵至营前搦战。哨马报入中军。黄总兵问：『谁人见阵？』土行孙愿往。邓婵玉欲为父亲报仇，愿随掠阵。夫妻二人出营，见陈奇坐金睛兽，提荡魔杵，滚至阵前。土行孙大骂陈奇曰：『匹夫用左道邪术，杀吾岳丈，不共戴天！今日特来擒你报仇！』陈奇大笑：『谅你这等人，真如朽腐之物，做得出甚么事来！杀你恐污吾手！』催开坐骑，抡杵就打。土行孙手中棍急架忙迎。杵棍并举，未及数合，陈奇见土行孙往来小巧便宜，急切不能取胜，陈奇忙把杵一摆，飞虎兵齐奔前来，陈奇对着土行孙把嘴一张，喷出一道黄气。土行孙站不住，一交跌倒在地。飞虎兵把土行孙拿去。陈奇不防邓婵玉在对面，见拿了他丈夫，发出一块五光石来，正中陈奇嘴上，打得唇绽齿落，『哎哟』一声，掩面而走。婵玉又发一石，夹后心一下，把后心镜打得粉碎。陈奇只得伏鞍而逃。只见土行孙睁开眼，浑身上了绳子，笑曰：『到有趣！』陈奇被邓婵玉打伤，逃回关内，来见丘引。丘引看见陈奇鼻青嘴绽，袍带皆松，忙问其故。陈奇曰：『只因拿一不堪匹夫，不防对过有一贱人，用石打伤面门，复一石又打伤脊背，致失机而回。』丘引听说，忙令左右：『将周将拿来！』左右随将土行孙推至阶前。看见土行孙身不满三四尺，便问陈奇曰：『这样东西，拿他何用？』命左右：『推出去斩了号令！』土行孙也不慌不忙，来至关上。左右方欲动手，只见土行孙把身子

一扭，杳无踪迹。正是：

　　地行道术原无迹，盗宝偷关盖世雄。

话说左右见土行孙不见了，只唬得目瞪口呆，慌忙报与丘引。丘引听报，大惊曰：『周营中有此异人，所以屡伐西岐俱皆失利。今日不见黄天祥尸首，就是此人盗去，也未可知。速传令：早晚各要防备关隘。』

且说土行孙回见黄总兵，共议取关。忽哨探马报入中军：『有三运督粮官郑伦来辕门等令。』黄总兵传令：『令来。』郑伦至帐前行礼毕，言曰：『奉姜元帅将令，催粮应付，军前听用。』黄飞虎曰：『多蒙将军催粮有功，俟上功劳簿。』郑伦曰：『俱是为国效用。』郑伦偶见土行孙也在此，忙问土行孙曰：『足下系二运官，今到此何干？』土行孙曰：『青龙关中有一人名唤陈奇，也与你一样拿人，吾岳丈被他拿去，坏了性命，特奉元帅将令，来此救援。只他比你不同，他把嘴一张，口内喷出一道黄气来，其人自倒，比你那鼻中哼出白气来大不相同，觉他的便宜。昨日我被他拿去，走了一遭来。』郑伦曰：『岂有此理！当时吾师传我，曾言吾之法盖世无双，难道此关又有此异人？我必定会他一会，看其真实。』且说陈奇恨邓婵玉打伤他头面，自服了丹药，一夜全愈。次日出关，坐名只要邓婵玉出来定个雌雄。哨马报入中军：『启老爷：陈奇搦战。』郑伦出而言曰：『末将愿往。』黄飞虎曰：『你督粮亦是要紧的事，原非先行破敌之役，恐姜丞相见罪。』郑伦曰：『俱是朝廷功绩，何害于理？』黄飞虎只得应允。郑伦上了金睛兽，提荡魔杵，领本部三千乌鸦兵出营来。见陈奇也是金睛兽，提荡磨杵，也有一队人马，俱穿黄号色，也拿着挠

钩套索。郑伦心下疑惑，乃至军前大呼曰：『来者何人？』陈奇曰：『吾乃督粮上将军陈奇是也。你乃何人？』郑伦曰：『吾乃三运总督官郑伦是也。』郑伦问曰：『闻你有异术，今日特来会你。』郑伦催开金睛兽，摇手中降魔杵，劈头就打。陈奇手中荡魔杵赴面交还。二兽交加，一场大战。怎见得：

二将阵前寻斗赌，两下交锋谁敢阻。这一个似摇头狮子下山岗，那一个不亚摆尾狻猊寻猛虎。这一个兴心定要正乾坤，那一个赤胆要把江山辅。天生一对恶生辰，今朝相遇争旗鼓。

话说二将大战虎穴龙潭：这一个恶狠狠圆睁二目，那一个咯支支咬碎银牙。只见土行孙同哪吒出辕门来看二将交兵，连黄飞虎同众将也在旗门下，都来看厮杀。郑伦正战之间，自忖：『此人当真有此术法。打人不过先下手为妙。』把杵在空一摆，郑伦部下乌鸦兵行如长蛇阵一般而出。陈奇看郑伦摆杵，士卒把挠钩套索似有拿人之状，陈奇摇杵，他那里飞虎兵也有套索钩挠，飞奔前来。正是：

能人自有能人伏，今日哼哈相会时。

郑伦鼻子里两道白光，出来有声；陈奇口中黄光也自迸出。陈奇跌了个金冠倒躅；郑伦跌了个铠甲离鞍。两边兵卒不敢拿人，只顾各人抢各人主将回营。郑伦被乌鸦兵抢回；陈奇被飞虎兵抢回，各自上了金睛兽回营。土行孙同众将笑得腰软骨折。郑伦自叹曰：『世间又有此异人，明日定要与他定个雌雄，方肯罢休。』不表。只说陈奇进关来见丘引，尽言前事。丘引又闻佳梦关失了，心下不安。次日，郑伦关下搦战。陈奇上骑出关，言曰：『郑伦，大丈夫一言已定，从今不必用术，各赌手上工夫，你我也难得会。』催开坐下骑，又杀一日，未见输赢。来见黄飞虎，众将俱在帐上，共议取关之策。哪吒曰：『如今土行孙也在此，不若今夜我先进关，斩关落锁，夜里乘其无备，取了关为上策。』黄飞虎曰：『全仗先行。』正是：

哪吒定计施威武，今夜青龙属武王。

话说丘引在关内，修表进朝歌，遣将来此协同守关，共阻周兵。不觉是一更时分，土行孙先进关里来，暗暗在囹圄中打点放黄天禄、太鸾。二更时分，哪吒登起风火轮，飞进关来，在城楼上祭起砖，把守门军将打散，随撞开拴锁。周兵呐一声喊，杀进城中来，金鼓大作，天翻地覆，城中大乱，百姓只顾逃生。土行孙在囹圄中，听得呐喊，随放了黄天禄、太鸾，杀出本府来。丘引还不曾睡，急忙上马，拎枪出府，只见灯光影里，火把丛中，见金甲红袍，乃武成王黄飞虎。哪吒蹬风火轮使枪杀来。邓秀、赵升、孙焰红把丘引裹在当中。郑伦杀进城来，正遇陈奇，二将夜兵大战。黄天禄从后面杀出府来。土行孙倒拖宾铁棍，往丘引马下打来。上三路哪吒的枪；中三路黄明、周纪的斧；下三路土行孙的棍。丘引不及提防，被土行孙一棍正打着他马七寸，那马打了个前失，把丘引跌下马来。黄飞虎看见，忙把枪刺来。丘引已借土遁去了。正是：生死有定，不该绝于此关。且言众将裹住陈奇，被哪吒祭起乾坤圈打中，陈奇伤了臂膊，往左一闪，被黄飞虎一枪刺中胁下，死于非命。杀到天明，黄飞虎收兵查点，只走了丘引。飞虎升厅，出榜安民，查明户口册籍，留将守青龙关。黄总兵回师，先有哪吒报捷。土行孙仍催粮去了。

韩荣对众将曰：『今西周已得此二关，军威正盛，我等正当中路，必须协力共守，毋得专恃力战也。』

且说子牙在中军与众将正讲六韬三略，报事官报：『元帅：哪吒等令。』子牙命：『传进来。』哪吒至中军，备言取了青龙关事，说了一遍：『……弟子先来报捷。』子牙大悦，谓众将曰：『吾之先取此二关者，欲通吾之粮道；若不得此，倘纣兵断吾粮道，前不能进，后不能退，我先首尾受敌，此非全胜之道也，故为将先要察此。今幸俱得，可以无忧。』众将曰：『元帅妙算，真无遗策！』正谈论间，左右报：『黄飞虎等令。』子牙曰：『令来。』飞虎至中军，打躬行礼。子牙贺过功，因不见邓九公、黄天祥在前，心中甚是凄楚，叹曰：『可惜忠勇之士，不得享武王之禄耳！』营中治酒欢饮。次日，子牙差辛甲先下一封战书。

话说汜水关韩荣见子牙按兵不动，分兵取佳梦、青龙二关，速速差人打探。回报：『二关已失。』韩荣对众将曰：『今西周已得此二关，军威正盛，我等正当中路，必须协力共守，毋得专恃力战也。』众将各有不忿之色，愿决一死战。正议间，报：『姜元帅遣官下战书。』韩荣命：『令来。』辛甲至殿前，将书呈上。韩荣接书，展开观看，书曰：

西周奉天征讨天宝大元帅姜尚，致书于汜水关主将麾下：尝闻天命无常，惟有德者永获天眷。今商王淫酗肆虐，暴殄下民。天愁于上，民怨于下。海宇分崩，诸侯叛乱，生民涂炭。惟我周武王特恭行天之罚，所在民心效顺，强梁授首，所有佳梦、青龙二关逆命，俱已斩将搴旗，万民归顺。今大兵到此，特以尺一之书咸使闻知，或战，或降，早赐明决，毋得自误。不宣。

韩荣观看毕，即将原书批回：『来日会战。』辛甲领书回营，见子牙曰：『奉令下书，原书批回，明日会兵。』子牙整顿士卒，一夜无词。次日，子牙行营炮响，大队摆开出辕门，在关下搦战。有报马报入关来：『今有姜元帅关下请战。』韩荣忙整点人马，放炮呐喊出关，左右大小将官分开，韩荣在马上见子牙号令森严，一对对英雄威武。怎见得，有《鹧鸪天》一词为证，词曰：

杀气腾腾万里长，旌旗戈戟透寒光。雄师手仗三环剑，虎将鞍横丈八枪。军浩浩，士忙忙，锣鸣鼓响猛如狼。东征大战三十阵，汜水交兵第一场。

话说韩荣在马上见子牙，口称：『姜元帅请了！「率土之滨，莫非王臣」，元帅何故动无名之师，以下凌上，甘心作商家叛臣，吾为元帅不取也！』子牙笑曰：『将军之言差矣。君正，则居其位；君不正，则求为匹夫不可得。是天命岂有常哉，惟有德者能君之。昔夏桀暴虐，成汤伐之，代夏而有天下。今纣王罪过于桀，天下诸侯叛之。我周特奉天之罚，以讨有罪，安敢有逆天命，厥罪惟钧哉。』韩荣大怒曰：『姜子牙，我以你为高明之士，你原来是妖言

惑众之人！你有多大本领，敢出大言！哪员将与吾拿了？』旁有先行王虎，走马摇刀，飞奔前来，直取子牙。只见哪吒已蹬风火轮，举枪忙迎，轮马相交，刀枪并举。两下里喊声不息，鼓角齐鸣。战未数合，哪吒奋勇一枪，把王虎挑于马下。魏贲见哪吒得胜，把马一磕，摇枪前来，飞取韩荣。韩荣手中戟赴面交还。魏贲的枪势如猛虎。韩荣见先折了王虎，心中已自慌忙，无心恋战。只见子牙挥动兵将冲杀过来。韩荣抵敌不住，败进关中去了。子牙得胜回营。不表。且说韩荣兵败进关，一面具表往朝歌告急，一面设计守关。正在紧急之时，急报：『七首将军余化等令。』韩荣听得余化来至，大喜，忙传令：『令来。』余化至殿上行礼，韩荣曰：『自从将军战败去后，此关反被黄飞虎走出去了，不觉数载；岂料他养成气力，今反伙同那姜尚，三路分兵，取了佳梦关、青龙关尽为周有。昨日会兵，不能取胜，如之奈何？』余化曰：『末将被哪吒打伤，败回蓬莱山见我师尊，烧炼一件宝物，可以复我前仇。纵周家有千万军将，只叫他片甲无存。』韩荣大喜，治酒管待。话说次日，余化至周营讨战。子牙问：『谁去出马？』哪吒应声而出：『弟子愿往。』哪吒道罢，登轮提枪，出得营来，一见余化，哪吒认得他，大叫曰：『余化慢来！』余化见了仇人，把脸红了半边，也不答话，催开金睛兽，摇戟直取哪吒。哪吒的枪赴面交还。轮兽相交，戟枪双举。来往冲杀有二三十合，哪吒的枪乃太乙真人传授，有许多机变，余化不是哪吒对手。余化把一口刀，名曰『化血神刀』，祭起如一道电光，中了刀痕，时刻即死。怎见得，有诗为证，诗曰：

丹炉曾锻炼，火里有功夫。灵气后先妙，阴阳表里扶。

透甲元神丧，沾身性命无。哪吒逢此刀，眼下血为肤。

余化将化血刀祭起，那刀来得甚快，哪吒躲不及，中了一刀。大抵哪吒乃莲花化身，浑身俱是莲花瓣儿，纵伤了他，不比凡夫血肉之躯，登时即死，该有凶中得吉。哪吒着刀伤了，大叫一声，败回营中；走进辕门，跌下风火轮来。哪吒着了刀伤，只是颤，不能做声。旗门官报与子牙，子牙令扛抬至中军。子牙叫：『哪吒！』哪吒不答话。子牙心下郁郁不乐。不知哪吒性命如何，且听下回分解。

第七十五回　土行孙盗骑陷身

诗曰：

余化恃强自丧身，师尊何苦费精神？
因烧土行反招祸，为惹惧留致起嗔。
北海初沉方脱难，捆仙再缚岂能徇？
从来数定应难解，已是封神榜内人。

话说余化得胜回营。至次日，又来周营搦战。探马报入中军。子牙问：『谁人出马？』有雷震子应曰：『愿往。』提棍出营，见余化黄面赤髯，甚是凶恶，问曰：『来者可是余化？』余化大骂：『反国逆贼！你不认得我么！』雷震子大怒，把二翅飞腾于空中，将黄金棍劈头打来。余化手中戟赴面交还。一个在空中用力；一个在兽上施威。雷震子金棍刷来，如泰山一般。余化望上招架费力，略战数合，忙举起化血刀来，把雷震子风雷翅伤了一刀。幸而原是两枚仙杏化成风雷二翅，今中此刀，尚不至伤命，跌在尘埃，败进行营，来见子牙。子牙又见伤了雷震子，心中甚是不乐。次日，有报马报入中军：『有余化搦战。』子牙曰：『连伤二人，若痴呆一般，又不做声，只是寒颤；且悬「免战牌」出去。』军政官将『免战牌』挂起。余化见周营挂『免战牌』，掌鼓回营。只见次日，有督粮官杨戬至辕门，见挂『免战』二字，杨戬曰：『从三月十五日拜将之后，将近十月，如今还在这里，尚不曾取成汤寸土，

两马相交，一场大战。未及二十余合，余化祭起化血神刀，如闪电飞来。

连忙挂「免战牌」？』心中甚是疑惑：『且见了元帅，再做道理。』探马报入中军：『启元帅：有督粮官杨戬候令。』子牙曰：『令来。』杨戬上帐，参谒毕，禀曰：『弟子催粮，应付军需，不曾违限，请令定夺。』子牙曰：『兵粮足矣，其如战不足何！』杨戬曰：『师叔且将「免战牌」收了，弟子明日出兵，看其端的，自有处治。』子牙在中军与众人正议此事，左右报：『有一道童来见。』子牙曰：『请来。』少时，至帐前，那童子倒身下拜曰：『弟子是乾元山金光洞太乙真人门下。师兄哪吒有厄，命弟子背上山去调理。』子牙即将哪吒交与金霞童子，背往乾元山去了。不表。且说杨戬见雷震子不做声，只是颤。看刀刃中血水如墨。杨戬观看良久：『此乃是毒物所伤。』杨戬启子牙：『去了「免战牌」。』子牙传令：『去了「免战牌」。』次日，汜水关哨马报入关中：『周营已去「免战牌」。』余化听得，随上了金睛兽出关，来至营前搦战。哨马报入中军：『关内有将讨战。』正是：

常胜不知终有败，周营自有妙人来。

话说余化至营搦战，杨戬禀过子牙，忙提三尖刀出营。见余化光景，是左道邪说之人，杨戬大叫曰：『来者莫非余化么？』余化曰：『然也。尔通名来。』杨戬曰：『吾乃姜元帅师侄杨戬是也。』纵马摇三尖刀飞来直取。余化手中戟赴面交还。两马相交，一场大战。未及二十余合，余化祭起化血神刀，如闪电飞来。杨戬运动八九元功，将元神遁出，以左肩迎来，伤了一刀，也大叫一声，败回行营，看是甚么毒物，来见子牙。子牙问曰：『你会余化如何？』杨戬曰：『弟子见他神刀利害，仗吾师道术，将元神遁出，以左臂迎他一刀，毕竟看不出他的果是何毒。弟子且往玉泉山金霞洞去一遭。』子牙许之。杨戬借土遁往玉泉山来，到了金霞洞，进洞见师父，拜罢，玉鼎真人问曰：『杨戬，到此来有甚么话说？』杨戬对曰：『弟子同师叔进兵汜水关，与守关将余化对敌。彼有一刀，不知何毒，起先雷震子被他伤了一刀，只是寒颤，不能做声；弟子也被他伤了一刀，幸赖师父玄功，不曾重伤，然不知果是何毒物。』玉鼎真人忙令杨戬将刀痕来看，真人见此刀刃，便曰：『此乃是化血刀所伤。但此刀伤了，见血即死。幸雷震子伤的两枚仙杏，你又有玄功，故尔如此，不然，皆不可活。』杨戬听得，不觉大惊，忙问曰：『似此将何术解救？』真人曰：『此毒连我也不能解。此刀乃是蓬莱岛一气仙余元之物。当时修炼时，此刀在炉中，有三粒神丹同炼的。要解此毒，非此丹药，不能得济。』真人沉思良久，乃曰：『此事非你不可。』附耳：『……如此如此方可。』杨戬大喜，领了师父之言，离了玉泉山往蓬莱岛而来。正是：

真人道术非凡品，咫尺蓬莱见大功。

余元随将丹递与余化。余化叩头：『谢老师天恩。』

话说杨戬借土遁往蓬莱岛而来，前至东海。好个海岛，异景奇花，观之不尽。怎见得海水平波，山崖锦砌，正所谓蓬莱景致与天阙无差。怎见得好山，有赞为证：

势镇东南，源流四海。汪洋潮涌作波涛，滂渤山根成碧阙。蜃楼结彩，化为人世奇观；蛟孽兴风，又是沧溟幻化。丹山碧树非凡，玉宇琼宫天外。麟凤优游，自然仙境灵胎；鸾鹤翱翔，岂是人间俗骨。琪花四季吐精英，瑶草千年呈瑞气。且慢说青松翠柏常春；又道是仙桃仙果时有。修竹拂云留夜月，藤萝映日舞清风。一溪瀑布时飞雪，四面丹崖若列星。正是：百川浍注擎天柱，万劫无移大地根。

话说杨戬来至蓬莱山，看罢蓬莱景致，仗八九元功，将身变成七首将军余化，径进蓬莱岛来。见了一气仙余元，倒身下拜。余元见余化到此，乃问曰：『你来做甚么？』余化曰：『弟子奉师父之命，去汜水关协同韩总兵把守关隘，不意姜尚兵来，弟子见头一阵，刀伤了哪吒，第二阵伤了雷震子，第三阵恰来了姜子牙师侄杨戬，弟子用刀去伤他，被他一指，

反把刀指回来，将弟子伤了肩臂，望老师慈悲救拔。』一气仙余元曰：『有这等事？他有何能，敢指回我的宝刀？但当时炼此宝，在炉中分龙虎，定阴阳，同炼了三粒丹药，我如今将此丹留在此间也无用，你不若将此丹药取了去，以备不虞。』余元随将丹递与余化。余化叩头：『谢老师天恩。』忙出洞来，回周营。不表。有诗单赞杨戬玄功变化之妙：

悟到功成道始精，玄中玄妙有无生。
蓬莱枉秘通灵药，汜水徒劳化血兵。
计就腾挪称幻圣，装成奇巧盗英明。
多因福助周文武，一任奇谋若浪萍。

话说杨戬得了丹药，径回周营。且说一气仙余元把药一时俱与了余化，静坐思忖：『杨戬有多大本领，能指回我的化血刀？若余化被刀伤了，他如何还到得这里？其中定有缘故。』余元掐指一算，大叫曰：『好杨戬匹夫！敢以变化玄功盗吾丹药，欺吾太甚！』余元大怒，上了金眼驼，来赶杨戬。杨戬正往前行，只听得后面有风声赶至，杨戬已知余元来赶，忙把丹药放在囊中，暗祭哮天犬存在空中。余元只顾赶杨戬，不知暗算难防，余元被哮天犬夹颈子一口。正是此犬：

牙如钢剑伤皮肉，红袍拉下半边来。

余元不曾提防暗算，被犬一口，把大红白鹤衣扯了半边。余元又吃了大亏，不能前进：『吾且回去，再整顿前来，二马相交，刀戟并举。二将酣战三十余合。

以复此仇。』话说子牙正在营中纳闷，只见左右来报：『有杨戬等令。』子牙传令：『令来。』杨戬至帐前，见子牙，备言前事，盗丹而回。子牙大喜，忙取丹药救雷震子；又遣木吒往乾元山，送此药与哪吒调理。次日，杨戬往关下搦战。探事官报入帅府：『周营中有将讨战。』韩荣忙令余化出战。余化上了金睛兽，拎戟出关。杨戬大呼曰：『余化，前日你用化血刀伤我，幸吾炼有丹药，若无丹药，几中汝之奸计也。』余化暗想：『此丹乃一炉所出，焉能周营中也有此丹？若此处有这丹，此刀无用。』催开金睛兽，大战杨戬。二马相交，刀戟并举。二将酣战三十余合。正杀之间，雷震子得了此丹，即时全好了，心中大怒，竟飞出周营，大喝曰：『好余化！将恶刀伤吾。若非丹药，几至不保。不要走，吃我一棍，以泄此恨！』拎起黄金棍，劈头刷来。余化将手中戟架棍。杨戬三尖刀来得又勇，余化被雷震子一棍打来，将身一闪，那棍正中金睛兽，把余化掀翻下地，被杨戬复一刀，结果了性命。正是：

一腔左术全无用，枉做成汤梁栋材。

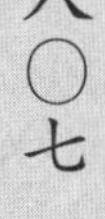

杨戬斩了余化，掌鼓回营，见子牙报功。不表。

且说韩荣闻余化阵亡，大惊：『此事怎好！前日遣官往朝歌去，命又不下；今无人协同守此关隘，如何是好！』正议间，余元乘了金睛五云驼，至关内下骑，至帅府前，令门官通报。众军官见余元好凶恶，忙报韩荣。韩荣传令：『请来。』道人进帅府，韩荣迎接余元。只见他生得面如蓝靛，赤发獠牙，身高一丈七八，凛凛威风，二目凶光冒出。韩荣降阶而迎，口称：『老师。』请上银安殿。韩荣下拜，问曰：『老师是哪座名山？何处洞府？』一气仙余元曰：『杨戬欺吾太甚，盗丹杀我弟子余化。忿道是蓬莱岛一气仙余元是也，今特下山，以报此仇。』韩荣闻说大喜，治酒管待。次日，余元上了五云驼，出关至周营，坐名要子牙答话。报马报入中军：『汜水关有一道人请元帅答话。』子牙传令：『摆队伍出营。』左右分五岳门人，一骑当先。只见一位道人，生的十分凶恶。怎见得：

鱼尾冠，金嵌成；大红服，云暗生。面如蓝靛獠牙冒，赤发红须古怪形。丝绦飘火焰，麻鞋若水晶。蓬莱岛内修仙体，自在逍遥得至清。位在监斋成神道，一气仙名旧有声。

话说子牙至军前问曰：『道者请了。』余元道：『姜子牙，你叫出杨戬来见我。』子牙曰：『杨戬催粮去了，不在行营。道者，你既在蓬莱岛，难道不知天意。今成汤传位六百余年，至纣王无道，暴弃天命，肆行凶恶，罪恶贯盈，天怒人怨，天下叛之。我周应天顺人，克修天道，天下归周。今奉天之罚，以观政于商。尔何得阻逆天吏，自取灭亡哉！道者，你不观余化诸人皆是此例，他纵有道术，岂能扭转天命耶！』余元大怒曰：『总是你这一番妖言惑

众！若不杀你，不足以绝祸根！』催开五云驼，仗宝剑直取子牙。子牙手中剑赴面交还。左有李靖，右有韦护，各举兵器，前来助战。四人只为无名火起，眼前要定雌雄。余元的宝剑光华灼灼；子牙剑彩色辉辉；李靖刀寒光灿灿；韦护杵杀气腾腾。余元坐在五云驼上，把一尺三寸金光锉祭在空中，来打子牙。子牙忙展杏黄旗，现出有千朵金莲，拥护其身。余元忙收了金光锉，复祭起来打李靖。不防子牙祭起打神鞭来，一鞭正中余元后背，只打的三昧真火喷出丈余远近。李靖又把余元腿上一枪。余元着伤，把五云驼顶上一拍，只见那金眼驼四足起金光而去。子牙见余元着伤而走，收兵回营。不表。且说土行孙催粮来至，见子牙会兵，他暗暗的瞧见余元的五云驼四足起金光而去，土行孙大喜：『我若得此战骑，催粮真是便益。』当时子牙回营升帐，忽报：『土行孙等令。』子牙传令：『令来。』土行孙至帐前，交纳粮数，不误限期。子牙曰：『催粮有功，暂且下帐少憩。』土行孙下帐，来见邓婵玉，夫妻共语，说：『余化把刀伤了哪吒，哪吒往乾元山养伤痕去了。』土行孙至晚，对邓婵玉曰：『我方才见余元坐骑，四足旋起金光，如云霓缥缈而去，妙甚，妙甚！我今夜走去，盗了他的来，骑着催粮，有何不可？』邓婵玉曰：『虽然如此，你若要去，须禀知元帅，方可行事，不得造次。』土行孙曰：『与他说没用，总是走去便来，何必又多一番唇舌？』当时夫妻计较停当。将至二更，土行孙把身子一扭，径进汜水关，来到帅府里。土行孙见余元默运元神，土行孙在地下，往上看他，道人目似垂帘，不敢上去，只得等候。却言余元默运元神，忽然心血潮来，余元暗暗掐指一算，已知土行孙来盗他的坐骑。余元把阳神出窍，少刻，鼻息之声如雷。土行孙在地下听见鼻息之声，大喜曰：『今夜定然成

功。』将身子钻了上来，拖着铁棍，又见廊下拴着五云驼。土行孙解了缰绳，牵到丹墀下，挨着马台扒上去，试验试验，然后又扒将下来。将这宾铁棍执在手里，来打余元，照余元耳门上一下，只打得七窍中三昧火冒出来，只是不动；复打一棍，打得余元只不作声。土行孙曰：『这泼道，真是顽皮！吾且回去，明日再做道理。』土行孙上了五云驼，把他顶上拍了一下，那兽四足就起金云，飞在空中。土行孙心下十分欢喜。正是：

欢喜未来灾又至，只因盗物惹非殃。

且说土行孙骑着五云驼，只在关里串，不得出关去。土行孙曰：『宝贝，你还出关去！』话犹未了，那五云驼便落将下地来。土行孙方欲下驼，早被余元一把抓住头发，拎着他，不令他挨地，大叫曰：『拿住偷驼的贼了！』惊动一府大小将官，掌起火把灯球。韩荣升了宝殿，只见余元高高的把土行孙拎着。韩荣灯光下见一矮子：『老师拎着他做甚么？放下他来罢了。』余元曰：『你不知他会地行之术，但沿了地，他就去了。』韩荣曰：『将他如何处治？』余元曰：『你把俺蒲团下一个袋儿取来，装着这业障，用火烧死他，方绝祸患。』韩荣取了袋儿装起来。余元叫：『搬柴来。』少时间，架起柴来，把如意乾坤袋烧着。土行孙在火里大叫曰：『烧死我也！』好火！怎见得，有诗为证：

细细金蛇遍地明，黑烟滚滚即时生。

燧人出世居离位，炎帝腾光号火精。

山石逢时皆赤土，江湖偶遇尽枯平。
谁知天意归周主，自有真仙渡此惊。

话说余元烧土行孙，命在须臾。也是天数，不该如此，只见惧留孙正坐蒲团默养元神，见白鹤童子来至曰：『奉师尊玉旨，命师兄去救土行孙。』惧留孙闻命，与白鹤童子分别借着纵地金光法来至汜水关里。见余元正烧乾坤袋，惧留孙使一阵旋窝风，往下一坐，伸下手来，连如意乾坤袋提将去了。余元看见一阵风来，又见火势有景，余元掐指一算：『好惧留孙！你救你的门人，把我如意乾坤袋也拿了去！我明日自有处治。』且说惧留孙将土行孙救出火焰之中，土行孙在内自觉得不热，不知何故。惧留孙来至周营。那夜是南宫适巡外营。时至三更尽，南宫适问曰：『是甚么人？』惧留孙曰：『是我。快通报子牙，我来也。』南宫适向前看，知是惧留孙，忙传云板。子牙三鼓时分起来，外边传入帐中：『有惧留孙在辕门。』子牙忙出迎接，见惧留孙拎着一个袋子，至军前打稽首坐下。子牙曰：『道兄夤夜至此，有何见谕？』惧留孙曰：『土行孙有火难，特来救之。』子牙大惊：『土行孙昨日催粮方回，其灾如何得至？』惧留孙把如意袋儿打开，放出土行孙来，问其详细。土行孙把盗五云驼的事说了一遍。子牙大怒曰：『你要做此事，也该报我知道，如何违背主帅，暗行辱国之事？今若不正军法，诸将效尤，将来营规必乱。传刀斧手，将土行孙斩首号令！』惧留孙曰：『土行孙不遵军令，暗行进关，有辱国体，理宜斩首；只是用人之际，暂且待罪立功。』子牙曰：『若不是道兄求免，定当斩首。』令左右：『且与我放了。』土行孙谢了师父，又谢过子牙。一夜周营中未

曾安静。次日，只见一气仙余元出关来至周营，坐名只要惧留孙。惧留孙曰：『他来只为如意乾坤袋。我不去会他。你只须如此，自可擒此泼道也。』惧留孙与子牙计较停当。子牙点炮出营。余元一见子牙，大呼曰：『只叫惧留孙来会我！』子牙曰：『道友，你好不知天命！据道友要烧死那土行孙，自无逃躲，岂知有他师父来救他，正所谓有福之人，纵千方百计而不能加害；无福之人遇沟壑而丧其躯。此岂人力所能哉！』余元大怒曰：『巧言匹夫尚敢为他支吾！』催开五云驼，使宝剑来取。子牙坐下四不像，手中剑赴面相迎。二兽相交，双剑并举，两家一场大战。怎见得，有词为证：

凛凛征云万丈高，军兵擂鼓把旗摇。一个是封神都领袖；一个是监斋名姓标。这个正道奉天灭纣王；那个是无福成仙自逞高。这个是六韬之内称始祖，那个是恶性凶心怎肯饶。自来有福催无福，天意循环怎脱逃。

话说子牙大战余化，未及十数合，被惧留孙祭捆仙绳在空中，命黄巾力士半空将余元拿去，止有五云驼跳进关中。子牙与惧留孙将余元拿至中军。余元曰：『姜尚，你虽然擒我，看你将何法治我！』子牙令李靖：『斩讫报来！』李靖领令，推出辕门，将宝剑斩之。一声响，把宝剑砍缺有二指。李靖回报子牙，备言杀不得之事，说了一遍。子牙亲自至辕门，命韦护祭降魔杵打，只打得腾腾烟出，烈烈火飞。余元作歌曰：

君不见天皇得道将身炼，修仙养道碧游宫。坎虎离龙方出现，五行随我任心游。四海三江都走遍，顶金顶玉秘修成。曾在炉中仙火煅。你今斩我要分明，自古一剑还一剑。漫道余言说不灵。

余元作歌罢，子牙心下十分不乐，与惧留孙共议：『如今放不得余元，且将他囚于后营，等取了关再做区处。』惧留孙曰：『子牙，你可命匠人造一铁柜，将余元沉于北海，以除后患。』子牙命铁匠急造，铁柜已成，将余元放在柜内。惧留孙命黄巾力士抬定了，往北海中一丢，沉于海底。黄巾力士回复惧留孙法旨。不表。

且说余元入于北海之中，铁柜亦是五金之物，况又丢在水中，此乃金水相生，反助了他一臂之力。余元借水遁走了，径往碧游宫紫芝崖下来。余元被捆仙绳捆住，不得见截教门人传与掌教师尊。忽听得一个道童，唱道情而来，词曰：

山遥水遥，隔断红尘道。粗袍敝袍，袖里乾坤倒。日月肩挑，乾坤怀抱。常自把烟霞啸傲，天地逍遥。龙降虎伏道自高，紫雾护新巢，白云做故交。长生不老，只在壶中一觉。

话说余元大呼曰：『那一位师兄，来救我之残喘！』水火童儿见紫芝崖下一道者，青面红发，巨口獠牙，捆在那里，童儿问曰：『你是何人，今受此厄？』余元曰：『我乃是金灵圣母门下，蓬莱岛一气仙余元是也。今被姜子牙将我沉于北海，幸天不绝我，得借水遁，方能到得此间。望师兄与我通报一声。』水火童儿径来见金灵圣母备言余元一事。金灵圣母闻言大怒，急至崖前。不见还可，越见越怒。金灵圣母径进宫内，见通天教主行礼毕，言曰：『弟子一事启老师：人言昆仑门下欺灭吾教，俱是耳听；今将一气仙余元，他得何罪，竟用铁柜沉于北海；幸不绝生，借水遁逃至于紫芝崖。望老师大发慈悲，救弟子等体面。』通天教主曰：『如今在哪里？』金灵圣母曰：『在紫芝崖。』通

天教主吩咐：『抬将来。』少时，将余元抬至宫前。碧游宫多少截教门人，看见余元，无不动气。只见金钟声响，玉磬齐鸣，掌教师尊来至，到了宫前，一见诸大弟子，齐言：『阐教门人欺吾教太甚！』教主看见余元这等光景，教主也觉得难堪，先将一道符印对余元身上，教主用手一弹，只见捆仙绳吊下来。古语云：『圣人怒发不上脸。』随命余元：『跟吾进宫。』教主取一物与余元，曰：『你去把惧留孙拿来见我，不许你伤他。』余元曰：『弟子知道。』正是：

圣人赐与穿心锁，只恐皇天不肯从。

话说余元得了此宝，离了碧游宫，借土遁而来。行得好快，不须臾，已至汜水关。有报事官报入关中：『有余道长到了。』韩荣降阶迎接到殿，欠身言曰：『闻老师失利，被姜尚所擒，使末将身心不安。今得睹天颜，韩荣不胜幸甚！』余元曰：『姜尚用铁柜把我沉于北海，幸吾借小术到吾师尊那所在，借得一件东西，可以成功。可将吾五云驼收拾，打点出关，以报此恨。』余元随上骑，至周营辕门，坐名只要惧留孙。报马报入中军：『启元帅：余元搦战，只要惧留孙。』幸而惧留孙不曾回山。子牙大惊，忙请惧留孙商议。惧留孙曰：『余元沉海，毕竟借水遁潜逃至碧游宫，想通天教主必定借有奇宝，方敢下山。子牙，你还与他答话，待吾再擒他进来，且救一时燃眉之急。若是他先祭其宝，则吾不能支耳。』子牙曰：『道兄言之有理。』子牙传令：『点炮。』帅旗展动，子牙至军前。余元大呼曰：『姜子牙，我与你今日定见雌雄！』催开五云驼，恶狠狠飞来直取。姜子牙手中剑赴面交还。只一合，惧留孙祭起捆

仙绳，命黄巾力士：『将余元拿下！』只听得一声响，又将余元平空拿去了。正是：

秋风未动蝉先觉，暗送无常死不知。

余元不提防暗中下手。子牙见拿了余元，其心方安，进营将余元放在帐前。子牙与惧留孙共议：『若杀余元，不过五行之术，想他俱是会中人，如何杀得他？倘若再走了，如之奈何！』正所谓『生死有定，大数难逃』。余元正应『封神榜』上有名之人，如何逃得。子牙在中军正无法可施，无筹可展，忽然报：『陆压道人来至。』子牙同惧留孙出营相接。至中军，余元一见陆压，只唬得仙魂缥缈，面似淡金，余元悔之不及。余元曰：『陆道兄，你既来，还求你慈悲我，可怜我千年道行，苦尽功夫。从今知过必改，再不敢干犯西兵。』陆压曰：『你逆天行事，天理难容，况你是「封神榜」上之人，我不过代天行罚。正是：

不依正理归邪理，仗你胸中道术高。

谁知天意扶真主，吾今到此命难逃。』

陆压曰：『取香案。』陆压香焚炉中，望昆仑山下拜，花篮中取出一个葫芦，放在案上，揭开葫芦盖，里边一道白光如线，起在空中，现出七寸五分横在白光顶上，有眼有翅。陆压口里道：『宝贝请转身！』那东西在白光之上连转三四转，可怜余元斗大一颗首级落将下来。有诗单道斩将封神飞刀，有诗为证：

先炼真元后运功，此中玄妙配雌雄。

惟存一点先天诀，斩怪诛妖自不同。

话说陆压用飞刀斩了余元，他一灵已进封神台去了。子牙欲要号令，陆压曰：『不可。余元原有仙体，若是暴露，则非礼矣，用土掩埋。』陆压与惧留孙辞别归山。

且说韩荣打听余元已死，在银安殿与众将共议曰：『如今余道长已亡，再无可敌周将者。况兵临城下，左右关隘俱失与周家；子牙麾下俱是道德术能之士，终不得取胜。欲要归降，不忍负成汤之爵位；如不归降，料此关难守，终被周人所掳。为今之计，奈何，奈何！』旁有偏将徐忠曰：『主将既不忍有负成汤，决无献关之理。吾等不如将印绶挂在殿庭，文册留与府库，望朝歌拜谢皇恩，弃官而去，不失尽人臣之道。』韩荣听说，俱从其言，随传令众军士：『将府内资重之物，打点上车。』欲隐迹山林，埋名丘壑。此时众将官各自去打点起行。韩荣又命家将搬运金珠宝玩，扛抬细软衣帛。纷纭喧哗，忽然惊动韩荣二子，——在后园中设造奇兵，欲拒子牙。弟兄二人听得家中纷纷然哄乱，走出庭来，只见家将扛抬箱笼，问其缘故，家将把弃关的话说了一遍：二人听罢，『你们且住了，我自有道理。』二人齐来见父亲。不知凶吉如何，且听下回分解。

第七十六回　郑伦捉将取汜水

诗曰：

万刃车凶势莫当，风狂火聚助强梁。
旗幡若焰皆逢劫，将士遭殃尽带伤。
白昼已难遮半壁，黄昏安可护三乡。
谁知督运能催命，二子逢之刻下亡。

话说韩荣坐在后厅，吩咐将士，乱纷纷的搬运物件，早惊动长子韩升、次子韩变。二人见父亲如此举动，忙问左右曰：『这是何说？』左右将韩荣前事说了一遍。二人忙至后堂，来见韩荣曰：『父亲何故欲搬运家私？弃此关隘，意欲何为？』韩荣曰：『你二人年幼，不知世务，快收拾离此关隘，以避兵燹，不得有误。』韩升听得此语，不觉失声笑曰：『父亲之言差矣！此言切不可闻于外人，空把父亲一世英名污了。父亲受国家高爵厚禄，衣紫腰金，封妻荫子，无一事不是恩德。今主上以此关托重于父亲，父亲不思报国酬恩，捐躯尽节，反效儿女子之计，贪生畏死，遗讥后世，此岂大丈夫举止，有负朝廷倚任大臣之意。古云：「在社稷者死社稷，在封疆者死封疆。」父亲岂可轻易弃去。孩儿弟兄二人，曾蒙家训，幼习弓马，遇异人，颇习有异术，未曾演熟；连日正自操演，今日方完，意欲进兵，不意父亲有弃关之举。孩儿愿效一死尽忠于国也。』韩荣听罢，点头叹曰：『「忠义」二字，我岂不知？但主上

昏聩，荒淫不道，天命有归，苦守此关，又恐累生民涂炭，不若弃职归山，救此一方民耳。况姜子牙门下又多异士，余化、余元俱罹不测，又何况其下者乎！此虽是你弟兄二人忠肝义胆，我岂不喜，只恐画虎不成，终无补于实用，徒死无益耳。』韩升曰：『说哪里的话来！食人之禄，当分人之忧。若都是自为之计，则朝廷养士何用。不肖孩儿愿捐躯报国，万死不辞。父亲请坐，俟我兄弟取一物来与父亲过目。』韩荣听罢，心中也自暗喜：『吾门也出此忠义之后。』韩升到书房中取出一物，乃是纸做的风车儿：当中有一转盘，一只手执定中间一竿，周围推转，如飞转盘；上有四首幡，幡上有符有印，又有『地、水、火、风』四字，名为『万刃车』。韩荣看罢，问曰：『此是孩儿家顽耍之物，有何用处？』韩升曰：『父亲不知其中妙用。父亲如不信，且下教场中，把这纸车儿试验试验与老爷看。』韩荣见二子之言甚是凿凿有理，随命下教场来。韩升兄弟二人上马，各披发仗剑，口中念念有词，只见云雾陡生，阴风飒飒，火焰冲天，半空中有百万刀刃飞来，把韩荣唬得魂不附体。韩升收了此车。韩荣曰：『我儿，你是何人传你的？』韩升曰：『那年父亲朝觐之时，俺弟兄闲居无事，在府前顽耍。来了一个陀头，叫做法戒，在我府前化斋。俺弟兄就与了他一斋，他就叫我们拜他为师。我们那时见他体貌异常，就拜他为师。他说道：「异日姜尚必有兵来，我秘授你此法宝，可破周兵，可保此关。」今日正应我师之言，定然一阵成功，姜尚可擒也。』韩荣大喜，随令韩升收了此宝，仍问曰：『我儿还可用人马，你此车约有多少？』韩升曰：『此车有三千辆，那怕姜尚雄师六十万耶！一阵管教他片甲不存！』韩荣忙点三千精锐之兵与韩升兄弟二人，在教场操演三千万刃车。正是：

余元相阻方才了，又是三军屠戮灾。

话说韩升用三千人马，俱穿皂服，披发赤脚，左手执车，右手仗刀，任意诛军杀卒。操练有二七日期，军士精熟。那日，韩荣父子统精兵出关搦战。

话说子牙只因破了余元，打点设计取关，只听得关内炮响。少时探马报入中军，禀曰：『汜水关总兵韩荣领兵出关，请元帅答话。』子牙忙传令与众门人、将士：『统大队出营。』子牙会过韩荣一次，哪里知道有这场亏累去提防他？子牙问曰：『韩将军，你时势不知，天命不顺，何以为将？速速倒戈，免致后悔。』韩荣笑曰：『姜子牙，倚着你兵强将勇，不知你等死在咫尺之间，尚敢耀武扬威，数白道黑也！』子牙大怒：『谁与我把韩荣拿下？』旁有魏贲，纵马摇枪，冲杀过来。韩荣脑后有两员小将，乃韩升、韩变，二人抢出阵来，截住了魏贲。魏贲大呼曰：『来者二将何人？』韩升曰：『吾乃韩总兵长子韩升，吾弟韩变是也。你等恃强，欺君罔上，罪恶滔天，今日乃尔等绝命之地矣！』魏贲大怒，纵马摇枪，飞来直取。韩升、韩变两骑赴面交还。未及数合，韩升拨转马往后就走。魏贲不知是计，往下赶来。韩升回头见魏贲赶来，把顶上冠除了，把枪一摆，三千万刃车杀将出来，势如风火，如何抵当。只见万刃车卷来，风火齐至。怎见得好万刃车，有赞为证：

云迷世界，雾罩乾坤。飒飒阴风沙石滚，腾腾烟焰蟒龙奔。风乘火势，黑气平吞。风乘火势，戈矛万道怯人魂；黑气平吞，目下难观前后士。魏贲中刃，几乎坠下马鞍鞒；武吉着刀，险些折了三寸气。滑喇喇风声卷起无情石，黑

暗暗刀痕剁坏将和兵。人撞人，哀声惨戚；马踩马，鬼哭神惊。诸将士慌忙乱走；众门人借遁而行。忙坏了先行元帅；搅乱了武王行营。那里是青天白日，恍如是黑夜黄昏。子牙今日兵遭厄，地覆天翻怎太平。

话说子牙被万刃车一阵只杀的尸山血海，冲过大阵来，势不可当。韩荣低头一想，计上心来，忙传令：『鸣金收军！』韩升、韩变听得金声，收回万刃车。子牙方得收住人马，计伤士卒七八千有余。子牙升帐，众将官俱在帐内，彼此俱言：『此一阵利害，风火齐至，势不可当。』子牙曰：『不知此刃是何名目？』众将曰：『一派利刃，漫空塞地而来，风火助威，势不可敌，非若军士可以力敌也。』子牙心下十分不乐，纳闷军中。不表。且说韩荣父子进关，韩升曰：『今日正宜破周，擒拿姜尚，父亲为何鸣金收军？』韩荣曰：『今日是青天白日，虽有云雾风火，姜尚门人俱是道术之士，自有准备，保护自身，如何得一般尽绝？我有一绝后计，使他不得整备，黑夜里仗此道术，使他片甲不存，岂不更妙！』二子欠身曰：『父亲之计，神鬼莫测！』正是：

安心要劫周营寨，只恐高人中道来。

话说韩荣打点夜劫周营，收拾停当，只等黑夜出关。不表。只见子牙在营纳闷，想：『利刃风火，果是何物？来得甚恶，势如山倒，莫可遮拦。此毕竟是截教中之恶物！』当日已晚，子牙因今日不曾打点，致令众将着伤，心下忧烦，不曾防备今夜劫寨。也是合该如此。众将因早间失利，俱去安歇。且说韩荣父子将至初更，暗暗出关，将三千掌万刃车雄兵杀至辕门。周营中虽有鹿角，其如这万刃车，有风火助威，刃如骤雨。炮声响亮，齐冲至辕门，谁敢抵子牙曰：『不知此刃是何名目？』众将曰：『一派利刃，漫空塞地而来，风火助威，势不可敌，非若军士可以力敌也。』

挡？真是势如破竹。怎见得，正是：

四下里火炮乱响，万刃车刀剑如梭。三军踊跃纵征鼍，马踏人身径过。风起处遮天迷地，火来时烟飞裹。军呐喊，天翻地覆；将用法，虎下崖坡。着刀军连声叫苦；伤枪将铠甲难驮。打着的焦头烂额；绝了命身卧沙窝。姜子牙有法难使；金木二吒也自难摹。李靖难使金塔；雷震子止保皇哥。南宫适抱头而走；武成王不顾兵戈。四贤八俊俱无用，马死人亡遍地拖。正是：遍地草梢含碧血，满田低陷叠行尸。

且说韩升、韩变兄弟二人，夜劫子牙行营，喊声连天，冲进辕门。子牙在中军忽听得劫营，急自上骑。左右门人俱来中军护卫。只见黑云密布，风火交加，刀刃齐下，如山崩地裂之势，灯烛难支。三千火车兵冲进辕门，如潮奔浪滚，如何抵挡。况且黑夜，彼此不能相顾，只杀得血流成渠，尸骸遍野，哪分别人自己？武王上了逍遥马，毛公遂、周公旦保驾前行。韩荣在阵后擂鼓，催动三军，只杀得周兵七零八落，君不能顾臣，父不能顾子。只见韩升、韩变趁势赶子牙，幸得子牙执着杏黄

旗，遮护了前面一段，军士将领一拥奔走。韩升、韩变二人催着万刃车往前紧赶，把子牙赶得上天无路。直杀到天明，韩升、韩变大叫曰：『今日不捉姜尚，誓不回兵！』望前越赶，吩咐三千兵卒曰：『不入虎穴，安得虎子！』子牙见韩升赶至无休，看看到金鸡岭了，只见前面两杆大红旗展，子牙见是催粮官郑伦来至，其心少安。且说郑伦坐骑出山口，正迎子牙，忙问曰：『元帅为何失利？』子牙曰：『后有追兵，用的是万刃车，又有风火助威，势不可挡。此是左道异术，你仔细且避其锐。』郑伦把坐下金睛兽一磕，往前迎来。只见韩升弟兄在前紧赶，三千兵随后，少离半射之地。郑伦与韩升、韩变撞个满怀。郑伦大喝曰：『好匹夫！怎敢追我元帅！』韩升曰：『你来也替不得他！』把枪摇动来刺。郑伦手中杵赴面交还。郑伦知他刀刃车利害，只见后面一片风火兵刃拥来，郑伦知其所以，只一合，忙运动鼻子内两道白光，一声响，对着韩升兄弟二人哼了一声，韩升、韩变兄弟二人坐不住鞍鞒，翻下马来，被乌鸦兵生擒活捉，上了绳索。兄弟两个方睁开眼时，见已被擒捉，『呀』的一声叹曰：『天亡我也！』后面三千兵架车前进，见主将被擒，其法已解，风火兵刃，化为乌有，众兵撤回身，就跑奔回来，正遇韩荣任意赶杀周兵，看见三千兵奔回，风火兵刃全无，不见二子回来，忙问曰：『二位小将军安在？』众兵曰：『二位将军赶姜子牙至一山边，只见有一将出来，与二位将军交战，未及一合，不知怎么跌下马来，被他捉去。我等在后，不一时，风火兵刃全无。止有此车而已，只得败回，幸遇老将军，望乞定夺。』韩荣听得二子被擒，心中惶惶，不敢恋战，只得收兵进关。不表。

且说郑伦擒了二将，来见子牙。子牙大喜，押在粮车上，同子牙回军；于路遇着武王、毛公遂等，众门人诸将

齐集，大抵是夤夜交兵，便是有道术的也只顾得自己，故此大折一阵。子牙问安，武王曰：『孤几乎唬杀！幸得毛公遂保孤，方得免难。』子牙曰：『皆是尚之罪也。』彼此安慰，治酒压惊。一宿不表。次日，整顿雄师，复至汜水关下扎营，放炮呐喊，声振天地。韩荣听得炮声响，着人打探；来报曰：『启总兵：周兵复至关下安营。』韩荣大惊：『周兵复至，吾子休矣！』亲自上城，差官打听。且说子牙升帐坐下，众将参谒毕，子牙传令：『摆五方队伍，吾亲自取关。』众将官切齿深恨韩升、韩变。子牙至关下叫曰：『请韩总兵答话！』韩荣在城楼上现身，大叫曰：『姜子牙，你是败军之将，焉敢又来至此？』子牙大笑曰：『吾虽误中你的奸计，此关我毕竟要取你的。你知那得胜将军今已被我擒下。』命两边左右：『押过韩升、韩变来！』左右将二将押过来，在马头前。韩荣见二子蓬头跣足，绳缚二臂，押在军前，不觉心痛，忙大叫曰：『姜元帅，二子无知，冒犯虎威，罪在不赦，望元帅大开恻隐，怜而赦之，吾愿献汜水关以报之耳。』韩升大呼曰：『父亲不可献关！你乃纣王之股肱，食君之重禄，岂可惜子之命，而失臣节也！只宜紧守关隘，俟天子救兵到日，协力同心，共擒姜尚匹夫，那时碎尸万段，为子报仇，未为晚也。我二人万死无恨！』子牙听得大怒，令左右『斩之！』只见南宫适奉令，手起刀落，连斩二将于关下。韩荣见子受诛，心如刀割，大叫一声，往城下自坠而死。可怜父子三人，捐躯尽节，千古罕及。后人有诗赞之：

汜水滔滔日夜流，韩荣志与国同休。
父存臣节孤猿泣，子尽忠贞老鹤愁。

一死依稀酬社稷，三魂缥缈傲王侯。
如今屈指应无愧，笑杀当年儿女俦。

话说韩荣坠城而死，城中百姓开关，迎接子牙人马进汜水关。父老焚香迎接武王进帅府，众将官欢喜，查点府库钱粮停妥，出榜安民。武王命厚葬韩荣父子。子牙传令，治酒款待有功人员，在关上住了三四日。

且说乾元山金光洞太乙真人在碧游床静坐，忽金霞童儿来报：『有白鹤童儿至此。』太乙真人出洞，见白鹤童儿手执玉札降临，言曰：『请师叔下山，同会诛仙阵。』太乙真人望昆仑谢恩毕，白鹤童子回玉虚。不表。且说太乙真人吩咐：『叫哪吒来。』慌忙来至，见师父行礼毕，真人曰：『你如今养的伤痕全愈，你可先下山，我随后就来，共破诛仙阵也。』哪吒领师命，方欲下山，真人曰：『你且站住。当日玉虚宫掌教天尊也曾赠子牙三杯酒，你今下山，我也赠你三杯如何？』哪吒感谢。真人命金霞童儿斟酒过来，赠哪吒头一杯酒，哪吒谢过，一饮而尽。真人袖内取了一枚枣儿递与哪吒过酒。哪吒连饮三杯，吃了三枚火枣。真人送哪吒出洞府，看哪吒上了风火轮，真人方进洞去。哪吒提火尖枪，方欲驾土遁前行，只见左边一声响，长出一只臂膊来。哪吒大惊曰：『怎的了？』还不曾说得完，右边也长出一只臂膊来。哪吒唬得目瞪口呆。只听得左右齐响，长出六只手来，共是八条臂膊；又长出三个头来。哪吒着慌，无可奈何，自思：『且回去，问我师父来。』只得登回风火轮，方至洞门，只见太乙真人也至门首，拍掌大笑曰：『奇哉！奇哉！』有诗为证：

琼浆三盏透三关，火枣频添壮士颜。

八臂已成神妙术，三头莫作等闲看。

须臾变化超凡圣，顷刻风雷任往还。

不是西岐多异士，只因天意恶奸谗。

话说哪吒回来见太乙真人，曰：『弟子长出这些手，丫丫叉叉，怎好用兵？』真人曰：『子牙行营有许多异士，然而有双翼者，有变化者，有地行者，有奇珍者，有异宝者，今着你现三头八臂，不负我金光洞里所传。此去进五关，也见周朝人物稀奇，个个俊杰。这法隐隐现现，但凭你自己心意。』哪吒感谢师尊恩德。太乙真人传哪吒隐现之法，哪吒大喜，一手执乾坤圈，一手执混天绫，一手执金砖，两只手擎两根火尖枪，还空三手。真人又将九龙神火罩，又取阴阳剑，共成八件兵器。哪吒拜辞了师父下山，径往汜水关来。正是：

余化刀伤归洞府，今朝变化更神通。

且说姜元帅在汜水关计点军将，收拾取界牌关，忽然想起师尊偈来：『「界牌关下遇诛仙」，此事不知有何吉凶。且不可妄动。』又思：『若不进兵，恐误了日期。』正在殿上忧虑，忽报：『黄龙真人来至。』子牙迎接至中堂，打稽首，分宾主坐下。黄龙真人曰：『前边就是诛仙阵，可非草率前进。子牙可吩咐门人，搭起芦篷席殿，迎接各处真人异士，伺候掌教师尊，方可前进。』子牙听毕，忙令南宫适、武吉起盖芦篷去了。且说哪吒现了三首八臂，

蹬风火轮，面如蓝靛，发似朱砂，丫丫叉叉，七八只手，走进关来。军校不知是哪吒现此化身，着忙飞报子牙：『禀元帅：外面有一个三头八臂的将官，要进关来，请令定夺。』子牙命李靖：『去探来。』李靖出府，果见三头八臂的人，甚是凶恶，李靖问曰：『来者何人？』哪吒见是李靖，忙叫：『父亲，孩儿是三太子哪吒。』李靖大惊，问曰：『你如何得此大术？』哪吒把火枣之事说了一遍。李靖进殿回子牙，备言前事。子牙大喜，传令：『令来。』哪吒进殿，拜见元帅。众将观之，无有不悦，俱来称贺。不表。只见次日南宫适来回报曰：『禀元帅：芦篷俱已完备。』黄龙真人曰：『如今只是洞府门人去得，以下将官一概都去不得。』子牙传下令来：『诸位官将保武王紧守关隘，不得擅离。我同黄龙真人与诸门弟子前去芦篷，伺候掌教师尊与列位仙长，会诛仙阵。如有妄动者，定按军法。』众将领命去讫。子牙进后殿来见武王，曰：『臣先去取关，大王且同众将住于此处。俟取了界牌关，差官来接圣驾。』武王曰：『相父前途保重。』子牙感谢毕，复至前殿，与黄龙真人同众门弟子离了汜水关，行有四十里，来至芦篷。只见悬花结彩，叠锦铺毹。黄龙真人同子牙上了芦篷坐下。少时间，只见广成子来至；赤精子随至。次日，惧留孙、文殊广法天尊、普贤真人、慈航道人、玉鼎真人来至；随后有云中子、太乙真人、清虚道德真君、道行天尊、灵宝大法师俱陆续来至。子牙一一上下迎接，俱至芦篷坐下。少时，又是陆压道人来至，稽首坐下。陆压曰：『如今诛仙阵一会，只有万仙阵再会一次，吾等劫运已满，自此归山，再图精进，以正道果。』众道人曰：『师兄之言正是如此。』众皆默坐，专候掌教师尊。不一时，只听得空中有环珮之声，众仙知是燃灯道人来了，众道人起身，降阶迎上篷来，行礼坐下。燃灯道人曰：『诛仙阵只在前面，诸友可曾见么？』众道人曰：『前面不见甚么光景。』燃灯曰：『那一派红气罩住的便是。』众道友俱起身，定睛观看。不表。

且说多宝道人已知阐教门人来了，用手发一声掌心雷，把红气展开，现出阵来。芦篷上众仙正看，只见红气闪开，阵图已现，好利害：杀气腾腾，阴云惨惨，怪雾盘旋，冷风习习，或隐或现，或升或降，上下反覆不定。内中有黄龙真人曰：『吾等今犯杀戒，该惹红尘，既遇此阵，也当得一会。』燃灯曰：『自古圣人云：

只观善地千千次，莫看人间杀伐临。』

内中有十二代弟子到有八九位要去。燃灯道人阻不住，齐起身下了芦篷，诸门人也随着来看此阵。行至阵前，果然是惊心骇目，怪气凌人。众仙俱不肯就回。只管贪看。不知后事如何，且听下回分解。

第七十七回　老子一气化三清

诗曰：

一气三清势更奇，壶中妙法贯须弥。
移来一木还生我，运去分身莫浪疑。
诛戮散仙根行浅，完全正果道无私。
须知顺逆皆天定，截教门人枉自痴。

话说众门人来看诛仙阵，只见正东上挂一口诛仙剑，正南上挂一口戮仙剑，正西上挂一口陷仙剑，正北上挂一口绝仙剑，前面有门有户，杀气森森，阴风飒飒。众人贪看，只听得里面作歌曰：

兵戈剑戈，怎脱诛仙祸；情魔意魔，反起无明火。今日难过，死生在我。玉虚宫招灾惹祸，穿心宝锁，回头才知往事讹。咫尺起风波。这番怎逃躲。自倚才能，早晚遭折挫！

话说多宝道人在阵内作歌，燃灯曰：『众道友，你们听听作的歌声，岂是善良之辈！我等且各自回芦篷，等掌教师尊来，自有处治。』话犹未了，方欲回身，只见阵内多宝道人仗剑一跃而出，大呼曰：『广成子不要走，吾来也！』广成子大怒曰：『多宝道人，如今不是在你碧游宫，倚你人多，再三欺我；况你掌教师尊吩咐过，你等全不遵依，又摆此诛仙阵。我等既犯了杀戒，毕竟你等俱入劫数之内，故造此业障耳。正所谓「阎罗注定三更死，怎肯留人

到五更」！』广成子仗剑来取多宝道人。道人手中剑赴面交还。怎见得：

仙风阵阵滚尘沙，四剑忙迎影乱斜。一个是玉虚宫内真人辈；一个是截教门中根行差。一个是广成不老神仙体；一个是多宝西方拜释迦。二教只因逢杀运，诛仙阵上乱如麻。

话说广成子祭起翻天印，多宝道人躲不及，一印正中后心，扑的打了一跌，多宝道人逃回阵中去了。燃灯曰：『且各自回去，再作商议。』众仙俱上芦篷坐下。只听得半空中仙乐齐鸣，异香缥缈，从空而降。众仙下篷来，迎掌教师尊。只见元始天尊坐九龙沉香辇，馥馥香烟，氤氲遍地。正是：

提炉对对烟生雾，羽扇分开白鹤朝。

话说燃灯众人明香引道，接上芦篷。元始坐下，诸弟子拜毕，元始曰：『今日诛仙阵上，才分别得彼此。』元始上坐，弟子侍立两边。至子时正，元始顶上现出庆云，垂珠璎珞，金花万朵，络绎不断，远近照耀。多宝道人正在阵中打点，看见庆云升起，知是元始降临，自思：『此阵必须我师尊来至，方可有为；不然，如何抵得过他？』

次日，果见碧游宫通天教主来了。半空中仙音响亮，异香袭袭，随侍有大小众仙，来的是截教门中师尊。怎见他的好处，有诗为证：

鸿钧生化见天开，地丑人寅上法台。
炼就金身无量劫，碧游宫内育多才。

半空中仙音响亮，异香袭袭，随侍有大小众仙，来的是截教门中师尊。

话说多宝道人见半空中仙乐响亮，知是他师尊来至，忙出阵拜迎进了阵，上了八卦台坐下，众门人侍立台下，有上四代弟子，乃多宝道人、金灵圣母、无当圣母、龟灵圣母；又有金光仙、乌云仙、毗芦仙、灵牙仙、虬首仙、金箍仙、长耳定光仙相从在此。通天教主乃是掌截教之鼻祖，修成五气朝元，三花聚顶，也是万劫不坏之身。至子时，五气冲空。燃灯已知截教师尊来至。次日天明，燃灯来启曰：『老师，今日可会诛仙阵么？』元始曰：『此地岂吾久居之所？』吩咐弟子：『排班。』赤精子对广成子；太乙真人对灵宝大法师；清虚道德真君对惧留孙；文殊广法天尊对普贤真人；云中子对慈航道人；玉鼎真人对道行天尊；黄龙真人对陆压；燃灯同子牙在后；金、木二吒执提炉；韦护与雷震子并列；李靖在后；哪吒先行。只见诛仙阵内金钟响处，一对旗开，只见奎牛上坐的是通天教主，左右立诸代门人。通天教主见天始天尊，打稽道曰：『道兄请了！』元始曰：『贤弟为何设此恶阵？这是何说？当时在你碧游宫共议「封神榜」，当面弥封，立有三等：根行深者，成

其仙道；根行稍次，成其神道；根行浅薄，成其人道，仍随轮回之劫。此乃天地之生化也。成汤无道，气数当终；周室仁明，应运当兴，难道不知，反来阻逆姜尚，有背上天垂象。且当日「封神榜」内应有三百六十五度，分有八部列宿群星，当有这三山五岳之人在数，贤弟为何出乎反乎，自取失信之愆。况此恶阵，立名便自可恶。只「诛仙」二字，可是你我道家所为的事！且此剑立有「诛」、「戮」、「陷」、「绝」之名，亦非是你我道家所用之物。这是何说，你何作此过端？』通天教主曰：『道兄不必问我，你只问广成子，便知我的本心。』元始问广成子曰：『这事如何说？』广成子把三谒碧游宫的事说了一遍。通天教主曰：『广成子，你曾骂我的教下不论是非，不分好歹，纵羽毛禽兽亦不择而教，一体同观。想吾师一教传三友，吾与羽毛禽兽相并，道兄难道与我不是一本相传？』元始曰：『贤弟，你也莫怪广成子。其实，你门下胡为乱做，不知顺逆，一味恃强，人言兽行。况贤弟也不择是何根行，一意收留，致有彼此搬斗是非，令生灵涂炭。你心忍乎！』通天教主曰：『据道兄所说，只是你的门人有理，连骂我也是该的？不念一门手足罢了。我已是摆了此阵，道兄就破吾此阵，便见高下。』元始曰：『你要我破此阵，这也不难，待吾自来见你此阵。』通天教主兜回奎牛，进了戮仙门，众门人随着进去。且看元始进来破此阵。正是：

截阐道人皆正果，方知两教不虚传。

话说元始在九龙沉香辇上，扶住飞来椅，徐徐行至正东震地，乃诛仙门。门上挂一口宝剑，名曰诛仙剑。元始把辇一拍，命四揭谛神撮起辇来，四脚生有四枝金莲花；花瓣上生光；光上又生花。一时有万朵金莲照在空中。元始

坐在当中，径进诛仙阵门来。通天教主发一声掌心雷，震动那一口宝剑一晃，好生利害！虽是元始，顶上还飘飘落下一朵莲花来。元始进了诛仙门，里边又是一层，名为诛仙关。元始从正南上往里走，至正西，又在正北坎地上看了一遍。元始作一歌以笑之，歌曰：

好笑通天有厚颜，空将四剑挂中间。
枉劳用尽心机术，独我纵横任往还。

话说元始依旧还出东门而去。众门人迎接，上了芦篷。燃灯请问曰：『老师，此阵中有何光景？』元始曰：『看不得。』南极仙翁曰：『老师既入阵中，今日如何不破了他的，让姜师弟好东行？』元始曰：『古云：「先师次长。」虽然吾掌此教，况有师长在前，岂可独自专擅？候大师兄来，自有道理。』说话未了，只听得半空中一派仙乐之声，异香缥缈，板角青牛上坐一圣人，有玄都大法师牵住此牛，飘飘落下来。元始天尊率领众门人前来迎接。怎见得，有诗为证：

不二门中法更玄，汞铅相见结胎仙。
未离母腹头先白，才到神霄气已全。
室内炼丹搀戊己，炉中有药夺先天。
生成八景宫中客，不记人间几万年。

话说元始见太上老君驾临，同众门人下篷迎接，二人携手上篷坐下，众门人下拜，侍立两旁。老子曰：『通天贤弟摆此诛仙阵，反阻周兵，使姜尚不得东行，此是何意？吾因此来问他，看他有甚么言语对我。』元始曰：『今日贫道自专，先进他阵中走了一遭，未曾与他较量。』老子曰：『你就破了他的罢了。他肯相从就罢；他若不肯相从，便将他拿上紫霄宫去见老师，看他如何讲。』二位教主坐在篷上，俱有庆云彩气上通于天，把界牌关照耀通红。至次日天明，通天教主传下法旨，令众门人排班出去：『大师兄也来了，看他今日如何讲！』多宝道人同众门人击动了金钟玉磬，径出诛仙阵来，请老子答话。哪吒报上篷来。少时，芦篷里香烟霭霭，瑞彩翩翩，你看老子骑着青牛而来。怎见得，有诗为证：

骑牛远远过前村，短笛仙音隔陇闻。
辟地开天为教主，炉中炼出锦乾坤。

话说老子至阵前，通天教主打稽首曰：『道兄请了。』老子曰：『贤弟，我与你三人共立「封神榜」，乃是体上天应运劫数。你如何反阻周兵，使姜尚有违天命？』通天教主曰：『道兄，你休要执一偏向。广成子三进碧游宫，面辱吾教，恶语詈骂，犯上不守规矩。昨日二兄坚意只向自己门徒，反灭我等手足，是何道理？今兄长不责自己弟子，反来怪我，此是何意？如若要我释怨，可将广成子送至我碧游宫，等我发落，我便甘休；若是半字不肯，任凭长兄施为，各存二教本领，以决雌雄！』老子曰：『似你这等说话，反是不偏向的？你偏听门人背后之言，彻动无明之火，

摆此恶阵，残害生灵；莫说广成子未必有此言语，便有，也罪不致此。你就动此念头，悔却初心，有逆天道，不守清规，有犯嗔痴之戒。你趁早听我之言，速速将此阵解释，回守碧游宫，改过前愆，尚可容你还掌截教；若不听吾言，拿你去紫霄宫，见了师尊，将你贬入轮回，永不能再至碧游宫，那时悔之晚矣！』通天教主听罢，须弥山红了半边，修行眼双睛烟起，大怒，叫曰：『李聃！我和你一体同人，总掌二教，你如何这等欺灭我，偏心护短，一意遮饰，将我抢白，难道我不如你！吾已摆下此阵，断不与你甘休！你敢来破我此阵？』老子笑曰：『有何难哉！你不可后悔！』正是：

元始大道今舒展，方显玄都不二门。

老子复又曰：『既然要我破阵，我先让你进此阵，运用停当，我再进来，毋令得你手慌脚乱。』通天道人大怒曰：『任你进吾阵来，吾自有擒你之处！』道罢，通天道人随兜奎牛进陷仙门去，在陷仙阙下，等候老子。老子将青牛一拍，往西方兑地来，至陷仙门下，将青牛催动，只见四足祥光白雾，紫气红云，腾腾而起。老子又将太极图抖开，化一座金桥，昂然入陷仙门来。老子作歌，歌曰：

玄黄外兮拜明师，混沌时兮任我为。

五行兮在吾掌握，大道兮度进群迷。

清静兮修成金塔，闲游兮曾出关西。

两手包罗天地外，腹安五岳共须弥。

话说老子歌罢，径入阵来。且说通天教主见老子昂然直入，却把手中雷放出，一声响亮，震动了陷仙门上的宝剑。这宝剑一动，任你人仙首落。老子大笑曰：『通天贤弟，少得无礼，看吾扁拐！』劈面打来。通天教主见老子进阵，如入无人之境，不觉满面通红，遍身火发，将手中剑火速忙迎。正在战间，老子笑曰：『你不明圣道，何以管立教宗？』又一扁拐照脸打来。通天教主大怒曰：『你有何道术，敢逆诛我的门徒？此恨怎消！』将剑挡拐，二圣人战在诛仙阵内，不分上下，敌斗数番。正是：

邪正逞胸中妙诀，水清处方显鱼龙。

话说二位圣人战在陷仙门里，人人各自施威。方至半个时辰，只见陷仙门里八卦台下，有许多截教门人，一个个睁睛竖目，那阵内四面八方雷鸣风吼，电光闪灼，雾气昏迷。怎见得，有赞为证：

风气呼嚎，乾坤荡漾；雷声激烈，震动山川。电掣红绡，钻云飞火；雾迷日月，大地遮漫。风刮得沙尘掩面，雷惊得虎豹藏形，电闪得飞禽乱舞，雾迷得树木无踪。那风只搅得通天河波翻浪滚；那雷只震得界牌关地裂山崩；那电只闪得诛仙阵众仙迷眼；那雾只迷得芦篷下失了门人。这风真是推山转石松篁倒；这雷真是威风凛冽震人惊；这电真是流天照野金蛇走；这雾真是弥弥漫漫蔽九重。

话说老子在陷仙门大战，自己顶上现出玲珑宝塔在空中，哪怕他雷鸣风吼？老子自思：『他只知仗他道术，不知守己修身，我也显一显玄都紫府手段与他的门人看看！』把青牛一拎，跳出圈子来；把鱼尾冠一推，只见顶上三道气出，化为三清。老子复与通天教主来战。只听得正东上一声钟响，来了一位道人，戴九云冠，穿大红白鹤绛绡衣，骑白猝而来，手仗一口宝剑，大呼曰：『李道兄！吾来助你一臂之力！』通天教主认不得，随声问曰：『哪道者是何人？』道者答曰：『吾有诗为证：

混元初判道为先，常有常无得自然。
紫气东来三万里，函关初度五千年。』

道人作罢诗曰：『吾乃上清道人是也。』仗手中剑来取。通天教主不知上清道人出于何处，慌忙招架。只听得正南上又有钟响，来了一位道者，戴如意冠，穿淡黄八卦衣，骑天马而来，一手执灵芝如意，大呼曰：『李道兄！吾来佐你共伏通天道人！』把天马一兜，仗如意打来。通天教主问曰：『来者何人？』道人曰：『我也认不得，还称你做截教之主？听吾道来。诗曰：

函关初出至昆仑，一统华夷属道门。
我体本同天地老，须弥山倒性还存。

吾乃玉清道人是也。』通天教主不知其故：『自古至今，鸿钧一道传三友，上清、玉清不知从何教而来？』手中虽是招架，心中甚是疑惑。正寻思未已，正北上又是一声玉磬响，来了一位道人，戴九霄冠，穿八宝万寿紫霞衣，一手执龙须扇，一手执三宝玉如意，骑地吼而来，大呼：『李道兄！贫道来辅你共破陷仙阵也！』通天教主又见来了这一位苍颜鹤发道人，心上不安，忙问曰：『来者何人？』道人曰：『你听我道来。诗曰：

混沌从来不计年，鸿濛剖处我居先。
参同天地玄黄理，任你旁门望眼穿。

吾乃太清道人是也。』四位天尊围住了通天教主，或上或下，或左或右，通天教主止有招架之功。且说截教门人见三位来的道人身上霞光万道，瑞彩千条，光辉灿烂，映目射眼，内有长耳定光仙暗思：『好一个阐教，来得毕竟正气！』深自羡慕。不知后事如何，且听下回分解。

第七十八回　三教会破诛仙阵

诗曰：

诛仙恶阵四门排，黄雾狂风雷火偕。
遇劫黄冠遭劫运，堕尘羽士尽尘埋。
剑光徒有吞神骨，符印空劳吐黑霾。
纵有通天无上法，时逢圣主应多乖。

话说老子一气化的三清，不过是元气而已，虽然有形有色，裹住了通天教主，也不能伤他。此是老子气化分身之妙，迷惑通天教主，竟不能识。老子见一气将消，在青牛上作诗一首，诗曰：

先天而老后天生，借李成形得姓名。
曾拜鸿钧修道德，方知一气化三清。

话说老子作罢诗，一声钟响，就不见了三位道人。通天教主心下愈加疑惑，不觉出神，被老子打了二三扁拐。多宝道人见师父受了亏，在八卦台作歌而来。歌曰：

碧游宫内谈玄妙，岂忍吾师扁拐伤；
只今舒展胸中术，且与师伯做一场！

正议论间，忽见广成子来禀曰：『二位老师，外面有西方教下准提道人来至。』

歌罢，大呼：『师伯！我来了！』好多宝道人！仗剑飞来直取。老子笑曰：『米粒之珠，也放光华！』把扁拐架剑，随取风火蒲团祭起空中，命黄巾力士：『将此道人拿去，放在桃园，俟吾发落！』黄巾力士将风火蒲团把多宝道人卷将去了。正是：

从今弃邪归正道，他与西方却有缘。

且说老子用风火蒲团把多宝道人拿往玄都去了，老子竟不恋战，出了陷仙门，来至芦篷。众门人与元始迎接坐下。元始问曰：『今日入阵，道兄见里面光景如何？』老子笑曰：『他虽摆此恶阵，急切也难破他的，被吾打了二三扁拐。多宝道人被吾用风火蒲团拿往玄都去了。』元始曰：『此阵有四门，得四位有力量的方能破得。』老子曰：『我与你只顾得两处，还有两处，非众门人所敢破之阵。此剑你我不怕，别人怎么经得起？』正议论间，忽见广成子来禀曰：『二位老师，外面有西方教下准提道人来至。』老子、元始二人忙下篷迎接，请上篷来，叙礼毕，坐下。老子笑曰：『道兄此来，无非为破诛仙阵来，收西方有缘。

只是贫道正欲借重，不意道兄先来，正合天数，妙不可言！』准提道人曰：『不瞒道兄说，我那西方：花开见人人见我。因此贫道来东南两土，未遇有缘；又几番见东南二处有数百道红气冲空，知是有缘，贫道借此而来，渡得有缘，以兴西法，故不辞跋涉，会一会截教门下诸友也。』老子曰：『今日道兄此来，正应上天垂象之兆。』准提道人问曰：『这阵内有四口宝剑，俱是先天妙物，不知当初如何落在截教门下？』老子曰：『当时有一分宝岩，吾师分宝镇压各方。后来此四口剑就是我通天贤弟得去，已知他今日用此作难。虽然众仙有厄，原是数当如此。如今道兄来的恰好，只是再得一位，方可破此阵耳。』准提道人曰：『既然如此，总来为渡有缘，待我去请我教主来。正应三教会诛仙，分辨玉石。』老子大喜。准提道人辞了老子，往西方来请西方教主接引道人，共遇有缘。正是：

佛光出在周王世，兴在明章释教开。

且说准提来至西方，见了接引道人，打稽首坐下。接引道人曰：『道友往东土去，为何回来太速？』准提道人曰：『吾见红光数百道俱出阐、截二教之门。今通天教主摆一诛仙阵，阵有四门，非四人不能破。如今有了三位，还少一位。贫道特来请道兄去走一遭，以完善果。』西方教主曰：『但我自未曾离清净之乡，恐不谙红尘之事，有误所委，反为不美。』准提曰：『道兄，我与你俱是自在无为，岂有不能破那有象之阵！道兄不必推辞，须当同往。』接引道人如准提道人之言，同往东土而来。只见足踏祥云，霎时而至芦篷。广成子来禀老子与元始曰：『西方二位尊师至矣。』老子与元始率领众门人下篷来迎接。见一道人，身高丈六。但见：

大仙赤脚枣梨香，足踏详云更异常。
十二莲台演法宝，八德池边现白光。
寿同天地言非谬，福比洪波语岂狂。
修成舍利名胎息，清闲极乐是西方。

话说老子与元始迎接接引、准提上了芦篷，打稽首，坐下。老子曰：『今日敢烦，就是三教会盟，共完劫运，非吾等故作此孽障耳。』接引道人曰：『贫道来此，会有缘之客，也是欲了冥数。』元始曰：『今日四友俱全，当早破此阵，何故在此红尘中扰攘也！』老子曰：『你且吩咐众弟子，明日破阵。』元始命玉鼎真人、道行天尊、广成子、赤精子：『你四人伸手过来。』元始各书了一道符印在手心里：『明日你等见阵内雷响，有火光冲起，齐把他四口剑摘去，我自有妙用。』四人领命，站过去了。又命燃灯：『你站在空中，若通天教主往上走，你可把定海珠往下打，他自然着伤。一来也知我阐教道法无边。』元始吩咐毕，各自安息。不言。只等次日黎明，众门人排班，击动金钟、玉磬。四位教主齐至诛仙阵前，传令命左右：『报与通天教主，我等来破阵也。』左右飞报进阵。只见通天教主领众门人齐出戮仙门来，迎着四位教主。通天教主对接引、准提道人曰：『你二位乃是西方教下清净之乡，至此地意欲何为？』准提道人曰：『俺弟兄二人虽是西方教主，特往此处来遇有缘。道友，你听我道来：

身出莲花清净台，三乘妙典法门开。

玲珑舍利超凡俗，璎珞明珠绝世矣。
八德池中生紫焰，七珍妙树长金苔。
只因东土多英俊，来遇前缘结圣胎。』

话说准提道人说罢，通天教主曰：『你有你西方，我有我东土，如水火不同居，你为何也来惹此烦恼。你说你莲花化身，清净无为，其如五行变化，立竿见影。你听我道来：

混元正体合先天，万劫千番只自然。
渺渺无为传大法，如如不动号初玄。
炉中久炼金非汞，物外长生尽属乾。
变化无穷还变化，西方佛事属逃禅。』

话说准提道人曰：『通天道友，不必夸能斗舌。道如渊海，岂在口言。只今我四位至此，劝化你好好收了此阵，何如？』通天教主曰：『既是四位至此，毕竟也见个高下。』通天教主说罢，竟进阵去了。元始对西方教主曰：『道兄，如今我四人各进一方，以便一齐攻战。』接引道人曰：『吾进离宫。』老子曰：『吾进兑宫。』准提曰：『吾进坎地。』元始曰：『吾进震方。』四位教主各分方位而进。且说元始先进震方，坐四不像径进诛仙门。八卦台上通天教主手发雷声，震动诛仙宝剑。那剑晃动。元如顶上庆去迎住，有千朵金花，璎珞垂珠，络绎不绝，那剑如何下得

来。元始进了诛仙门，立于诛仙阙。只见西方教主进离宫，乃是戮仙门，通天教主也发雷声震那宝剑。接引道人顶上现出三颗舍利子，射住了戮仙剑。那剑如钉钉一般，如何下来得。西方教主进了戮仙门，至戮仙阙立住。老子进西方陷仙门，通天教主又发雷震那陷仙剑。只见老子顶上现出玲珑宝塔，万道光华，射住陷仙剑。老子进了陷仙门，也在陷仙阙立住。准提道人进绝仙门，只见通天教主发一声雷，震动绝仙剑。准提道人手执七宝妙树，上边放出千朵青莲，射住了绝仙剑，也进了绝仙门来，到了绝仙阙。四位教主，齐进阙前。老子曰：『通天教主，吾等齐进了你诛仙阵，你意欲何为？』老子随手发雷，震动四野，诛仙阵内一股黄雾腾起，迷住了诛仙阵。怎见得：

腾腾黄雾，艳艳金光。腾腾黄雾，诛仙阵内似喷云；艳艳金光，八卦台前如气罩。剑戟戈矛，浑如铁桶；东西南北，恰似铜墙。此正是截教神仙施法力，通天教主显神通。晃眼迷天遮日月，摇风喷火撼江山。四位圣人齐会此，劫数相遭岂易逢。

且说四位教主齐进四阙之中，通天教主仗剑来取接引道人。接引道人手无寸铁，只有一拂尘架来。拂尘上有五色莲花，朵朵托剑。老子举扁拐纷纷的打来。元始将三宝玉如意架剑乱打。只见准提道人把身子摇动，大呼曰：『道友快来！』半空中又来了孔雀明王。准提现出法身，有二十四首，十八只手，执定了璎珞、伞盖、花贯、鱼肠、金弓、银戟、加持神杵、宝锉、金瓶，把通天教主裹在当中。老子扁拐夹后心就一扁拐，打的通天教主三昧真火冒出。元始祭三宝玉如意来打通天教主。通天教主方才招架玉如意，不防被准提一加持杵打中，通天教主翻鞍滚下奎牛，教主就借土遁而起。不知燃灯在空中等候，才待上时，被燃灯一定海珠又打下来。阵内雷声且急，外面四仙家各有符印在身，奔入阵中，广成子摘去诛仙剑，赤精子摘去戮仙剑，玉鼎真人摘去陷仙剑，道行天尊摘去绝仙剑。四剑既摘去，其阵已破。通天道人独自逃归；众门人各散去了。且说四位教主破了诛仙阵，元始作诗以笑之，诗曰：

堪笑通天教不明，千年掌教陷群生。
仗伊党恶污仙教，番聚邪宗枉横行。
宝剑空悬成底事，元神虚耗竟无名。
不知顺逆先遭辱，犹欲鸿钧说反盈。

话说四位教主上了芦篷坐下。元始称谢西方教主曰：『为我等门人犯戒，动劳道兄扶持，得完此劫数，尚容称谢！』老子曰：『通天教主逆天行事，自然有败而无胜。你我顺天行事，天道福善祸淫，毫无差错，如灯取影耳。今此阵破了，你等劫数将完，各有好处。姜尚，你去取关，吾等且回山去。』众门人俱别过姜子牙，随四位教主各回山去了。

子牙送别师尊，自回汜水关来会武王，众将官来见。元帅至帅府，参见武王。王曰：『相父远破恶阵，谅有众仙，孤不敢差人来问候。』子牙谢恩毕，对曰：『荷蒙圣恩，仰仗天威，三教圣人亲至，共破了诛仙阵，前至界牌关了，请大王明日前行。』武王传旨治酒贺功。不表。

又说通天教主被老子打了一扁拐，又被准提道人打了一加持宝杵，吃了一场大亏，又失了四口宝剑，有何面目

见诸大弟子！自思：『不若往紫芝崖立一坛，拜一恶幡，名曰「六魂幡」。』此幡有六尾，尾上书接引道人、准提道人、老子、元始、武王、姜尚六人姓名，早晚用符印，俟拜完之日，将此幡摇动，要坏六位的性命。正是：

左道凶心今不息，枉劳空拜六魂幡。

不表通天道人拜幡，后在万仙阵中用。且说界牌关徐盖升了银安殿，与众将商议曰：『方今周兵取了汜水关，驻兵不发。前日来的那多宝道人摆甚诛仙阵，也不知胜败。如今且修本，差官往朝歌去取救兵来，共守此关。』只见差官领了本章往朝歌来，一路无词，渡了黄河，进了朝歌城，至午门下马，到文书房。那日是箕子看本，见徐盖的本大惊：『姜尚兵进汜水关，取左右青龙关、佳梦关。兵至界牌关，事有燃眉之急！』箕子忙抱本来见纣王，往鹿台来。当驾官奏知：『箕子候旨。』纣王曰：『宣来。』箕子上台，拜罢，将徐盖本进上。纣王览本，惊问箕子曰：『不道姜尚作反，侵夺孤之关隘，必须点将协守，方可阻其大恶。』箕子奏曰：『如今四方不宁，姜尚自立武王，其志不小。今率兵六十万来寇五关，此心腹大患，不得草草而已，愿皇上且停饮乐，以国事为本，社稷为重，愿皇上察焉！』纣王曰：『皇伯之言是也。朕与众卿共议，点官协守。』箕子下台。纣王闷闷不悦，无心欢畅。忽妲己、胡喜媚出殿见驾，行礼坐下。妲己曰：『今日圣上双锁眉头，郁郁不乐，却是为何？』王曰：『御妻不知，今日姜尚兴师，侵犯关隘，已占夺三关，实是心腹之大患。况四方刀兵蜂起，使孤心下不安，为宗庙社稷之虑，故此忧心。』妲己笑而奏曰：『陛下不知下情，此俱是边庭武将钻刺网利；架言周兵六十万来犯关庭，用金贿赂大臣，诬奏陛下，陛

下必发钱粮支应；故此守关将官冒破支消，空费朝廷钱粮，实为有私，何尝有兵侵关。正为里外欺君，情实可恨！』纣王闻奏，深信其言有理，因问妲己曰：『倘守关官复有本章，何以批发？』妲己曰：『不必批发，只将赍本官斩了一员，以警将来。』纣王大喜，遂传旨：『将赍本官枭首，号令于朝歌。』正是：

妖言数句江山失，一统华夷尽属周。

话说纣王信妲己之言，忙传旨意：『将界牌关走本官即时斩首号令！』箕子知之，忙至内庭，来见纣王：『皇上为何而杀使命？』王曰：『皇伯不知，边庭钻刺，诈言周兵六十万，无非为冒支府库钱粮之计。此乃是内外欺君，理当斩首，以戒将来。』箕子曰：『姜尚兴兵六十万，自三月十五日金台拜将，天下尽知，非是今日之奏。皇上杀界牌关走使，不致紧要，失边庭将士之心。』王曰：『料姜尚不过一术士耳，有何大志？况且还有四关之险，黄河之隔，孟津之阻，岂一旦而被小事所惑也。皇伯放心，不必忧虑。』箕子长吁一声而出，看着朝歌宫殿，不觉潸然泪下，嗟叹社稷丘墟。箕子在九间殿作诗以叹之，诗曰：

忆昔成汤放桀时，诸侯八百尽归斯。

谁知六百余年后，更甚南巢几倍奇！

话言箕子作罢诗回府。不表。

且说姜元帅在汜水关点人马进征，来辞武王。子牙见武王曰：『老臣先去取关，差官请驾。』武王曰：『但愿相

父早会诸侯，孤之幸矣。』子牙别了武王，一声炮响，人马往界牌关进发。只离八十里，来之甚快。正行间，只见探马报入中军：『已至界牌关下。』子牙传令：『安营。』点炮呐喊。话说徐盖已知关外周兵安营，随同众将上城来看，周兵一派尽是红旗，鹿角森严，兵威甚肃。徐盖曰：『子牙乃昆仑羽士，用兵自有调度，只营寨大不相同。』旁有先行官王豹、彭遵答曰：『主将休夸他人本领，看末将等成功，定拿姜尚，解上朝歌，以正国法。』言罢，各自下城，准备厮杀。只见次日，子牙问帐下：『哪员将官关下见头功？』帐下应声而出，乃魏贲曰：『末将愿往。』姜子牙许之。魏贲上马，提枪出营，至关下搦战。有报马报入关上曰：『启主帅：关下有周兵讨战。』徐盖曰：『众将官在此，我等先议后行。纣王听信谗言，杀了差官，是自取灭亡，非为臣不忠之罪。今天下已归周武，眼见此关难守，众将不可不知。』彭遵曰：『主将之言差矣！况吾等俱是纣臣，理当尽忠报国，岂可一旦忘君徇私？古云：「食君禄而献其地，是不忠也。」末将宁死不为！愿效犬马，以报君恩。』言罢，随上马出关，见魏贲连人带马，浑如一块乌云。怎见得：

幞头纯墨染，抹额衬缨红。皂袍如黑漆，铁甲似苍松。钢鞭悬塔影，宝剑插冰峰。人如下山虎，马似出海龙。子牙门下客，骁将魏贲雄。

话说彭遵见魏贲，大呼曰：『周将通名来！』魏贲曰：『吾乃扫荡成汤天保大元帅姜麾下左哨先锋魏贲是也。你乃何人？若是知机，早献关隘，共扶周室；如不倒戈，破城之日，玉石俱焚，悔之晚矣！』彭遵大怒，骂曰：『魏贲，你不过马前一匹夫，敢出大言！』摇枪催马直取。魏贲手中枪赴面相迎。两马相交，双枪并举，一场大战。好魏贲！枪力勇猛，

彭遵在马上发手一个雷声，把菡萏阵震动，只见一阵黑烟迸出，一声响，魏贲连人带马震得粉碎，彭遵掌得胜鼓进关。

战有三十回合，彭遵战不过魏贲，掩一枪往南败走。魏贲见彭遵败走，纵马赶来。彭遵回顾，见魏贲赶下阵来，忙挂下枪，囊中取出一物，往地下撒来。此物名曰菡萏阵，按三才八卦方位，布成一阵。鼓遵先进去了。魏贲不知，将马赶进阵来。彭遵在马上发手一个雷声，把菡萏阵震动，只见一阵黑烟迸出，一声响，魏贲连人带马震得粉碎，彭遵掌得胜鼓进关。报马报入中军：『启元帅：魏贲连人带马震为齑粉。』子牙听罢，叹曰：『魏贲忠勇之士，可怜死于非命，情实可悯！』子牙着实伤悼。彭遵进关，来见徐盖，将坏了魏贲得胜事说了一遍。徐盖权为上了功绩。次日，徐盖对众将曰：『关中粮草不足，朝廷又不点将协守，昨日虽则胜了他一阵，恐此关终难守耳。』正议之间，报：『有周将搦战。』王豹曰：『末将愿往。』上马，提戟，开关，见一员周将，连人带马纯是一片青色。王豹曰：『周将何名？』苏护曰：『吾乃冀州侯苏护是也。』王豹曰：『苏护，你乃天下至无情无义之夫！你女受椒房之宠，身为国戚，满门俱受皇家富贵，不思报本，反助武王逆叛，侵故主之关隘，你有何面目立于天地之间！』摧开马，摇戟来取

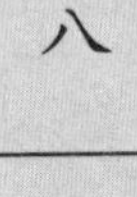

苏护。苏护手中枪赴面来迎。二马相交，枪戟并举。苏护正战王豹，有苏全忠、赵丙、孙子羽三将一齐上来，把王豹围在垓心。王豹如何敌得住，自料寡不敌众，把马跳出圈子就走。赵丙随后赶来。正赶之间，被王豹回手一个劈面雷，打在脸上，可怜随驾东征，未曾受武王封爵之赏，赵丙翻下鞍鞒。孙子羽急来救时，王豹又是一个雷放出，此劈面雷甚是利害，有雷就有火，孙子羽被雷火伤了面门，跌下马来，早被王豹一戟一个，皆被刺死。苏家父子不敢向前。王豹也知机，掌鼓进关，回见徐盖，连诛二将，得胜回兵庆喜。不表。且说苏护父子进营来见子牙，备言损了二将。子牙曰：『你父子久临战场，如何不知进退，致损二将？』苏全忠曰：『元帅在上：若是马上征战，自然好招架；今王豹以幻术发手，有雷有火，打在脸上，就要烧坏面门，怎经得起，故此二将失利。』子牙曰：『误丧忠良，实为可恨！』次日，子牙曰：『众门人谁去关下走一遭？』言未毕，有雷震子曰：『弟子愿往。』子牙许之。雷震子出营，至关下搦战。报马报入关中。徐盖问：『谁去见阵走一遭？』彭遵领令出关，见雷震子十分凶恶，面如蓝靛，巨口赤发，獠牙上下横生，彭遵大呼曰：『来者何人？』雷震子曰：『吾乃武王之弟雷震子是也。』彭遵不知雷震子胁有双翅，摇手中枪催开马，来取雷震子。雷震子把风雷翅飞起，使开黄金棍，劈头来打，彭遵哪里招架得住？拨马就走。雷震子见他诈败，忙将翅飞起，赶来甚急，劈头一棍，彭遵马迟，急架时，正中肩窝上，打翻马下，枭了首级，进营来见子牙。子牙上了雷震子功绩簿。且说探马报入关中：『彭遵阵亡，将首号令辕门。』徐盖曰：『此关终是难守，我知顺逆，你们只欲强持。』王豹听说：『主将不必性急，待我明日战不过时，任凭主将处治。』徐盖默然无语。王豹竟回私宅去了。不知后事如何，且听下回分解。

第七十九回　穿云关四将被擒

诗曰：

一关已过一关逢，法宝多端势更凶。
法戒引魂成往事，龙安酥骨又来讧。
几多险处仍须吉，若许能时总是空。
堪笑徐芳徒逆命，枉劳心思竟何从！

话说徐盖当晚默默退归后堂。不题。只见次日王豹也不来见主将，竟领兵出关，往周营搦战。报马报入中军。子牙问：『谁人见阵走一遭？』哪吒应曰：『我愿往。』子牙许之。哪吒蹬风火轮，提火尖枪，奔出营来。王豹见一将蹬风火轮而来，忙问曰：『来者莫非哪吒么？』哪吒答曰：『然也。』摇枪就刺。王豹的画戟急架忙迎。王豹知哪吒是阐教门下，自思：『打人不过先下手。』正战间，发一劈面雷来打哪吒。不知这雷只好伤别人；哪吒乃是莲花化身之客，他见雷声至，火焰来，把风火轮一登，轮起空中，雷发无功。哪吒祭起乾坤圈去，正中王豹顶门，打昏落马，哪吒复一枪刺死，枭了首级，号令回营，来见子牙。备言前事。子牙大喜。且说徐盖闻报王豹阵亡，暗思：『二将不知时务，自讨杀身之祸。不若差官纳降，以免生民涂炭。』正忧疑之际，忽报：『有一陀头来见。』徐盖命：『请来。』道人进府，至殿前打稽首曰：『徐将军，贫道稽首。』徐盖曰：『请了！道者至此，有何见谕？』道人曰：

『将军不知，吾有一门徒，名唤彭遵，丧于雷震子之手，特至此为他报仇。』徐盖曰：『道者高姓？大名？』道人曰：『贫道姓法，名戒。』徐盖见道人有些仙风道骨，忙请上坐。法戒不谦，欣然上坐。徐盖曰：『姜子牙乃昆仑道德之士，他帐下有三山五岳门人，恐不能胜他。』法戒曰：『徐将军放心，我连姜尚俱与你拿下，以作将军之功。』徐盖曰：『若如此，乃是老师莫大之恩。』忙问：『老师是素，是荤？』法戒曰：『持斋。我不用甚东西。』一夕无词。次日法戒提剑在手，径至周营，坐名要请姜子牙答话。探马报入中军：『有一陀头请元帅答话。』子牙传令，带众门人出营，来会这陀头。只见对面并无士卒，独自一人。怎见得：

赤金箍，光生灿烂；皂盖服，白鹤朝云。丝绦悬水火，顶上焰光生。五遁三除无比赛，胸藏万象包成。自幼根深成大道，一时应堕红尘。『封神榜』上没他名，要与子牙赌胜。

子牙把四不像催至军前见法戒，曰：『道者请了！』法戒道：『姜子牙，久闻你大名，今日特来会你。』子牙曰：『道者姓甚？名谁？』法戒曰：『我乃蓬莱岛炼气士姓法，名戒。彭遵是吾门下，死于雷震子之手。你只叫他来见我，免得你我分颜！』雷震子在旁，听得舌尖上丢了一个『雷』字，大怒，骂曰：『讨死的泼道！我来也！』把风雷二翅飞在空中，将黄金棍劈面打来。法戒手中剑急架忙迎。两下里大战有四五回合，法戒跳出圈子去，取出一幡，对着雷震子一愰。雷震子跌在尘埃。徐盖左右军士将雷震子拿了，虽然捆将起来，只是闭目不知人事。法戒大呼曰：『今番定要擒姜尚！』旁有哪吒大怒，骂曰：『妖道用何邪术，敢伤吾道兄也！』登开风火轮，摇开火尖枪，来战法戒。法戒未及三四回合，忙把那幡取出来也愰哪吒。哪吒乃莲花化身，却无魂魄，如何愰得动他。法戒见哪吒在风火轮上安然不能跌将下来，已自着忙。哪吒见法戒拿一道幡在手内愰，知是左道之术，不能伤己，忙祭乾坤圈打来。法戒躲不及，打了一交。哪吒方欲用枪来刺，法戒已借土遁去了。子牙收兵回营，见折了雷震子，心下甚恼，纳闷在中军。且说法戒被哪吒打了一圈，逃回关内。徐盖见法戒着伤而回，便问：『老师，今日初阵如何失机？』法戒曰：『不妨，是我误用此宝。他原来是灵珠子化身，原无魂魄，焉能擒他。』忙取丹药，吃了一粒，即时全愈；吩咐左右：『把雷震子抬来！』法戒对雷震子将幡右转两转。雷震子睁开眼一看，已被擒捉。法戒大怒，骂曰：『为你这斯，又被哪吒打了我一圈！』命左右：『拿去杀了！』徐盖在旁解曰：『老师既来为我末将，且不可斩他，暂监在囹圄之中，候解往朝歌，俟天子发落，表老师莫大之功，亦知末将请老师之微功耳。』看官：此是徐盖有意归周，故假此言遮饰。法戒听说，笑曰：『将军之言甚是有理。』正是：

徐盖有意归周主，不怕陀头道术高。

话说法戒次日出关，又至周营搦战。军政官报与子牙。子牙随即出营会战，大呼曰：『法戒！今日与你定个雌雄！』催开四不像，仗剑直取。法戒手中剑赴面迎来。战未及数合，旁有李靖纵马摇画杆戟来助子牙。子牙祭起打神鞭来打法戒。不知此宝只打得神，法戒非封神榜上之人，正是：

『封神榜』上无名字，不怕昆仑鞭一条。

话说子牙祭鞭来打法戒，不意被法戒将鞭接去，子牙着忙。忽然土行孙催粮到营前，见法戒将打神鞭接去，土行孙大怒，走向前大呼曰：『吾来也！』法戒见个矮子用条铁棍打来，法戒仗剑迎战。三人正杀在一处，不意杨戬也催粮来至，见土行孙在战陀头，走马舞三尖刀亦来助战。子牙见杨戬来至，心中大喜。两员运粮官双战法戒。正是天数不由人，不意郑伦催粮也到。郑伦见土行孙、杨戬双战道人，郑伦自思曰：『今日四人战这陀头不下，毕竟是左道之人。我也是督粮官，他成得功，我也成得功！』将金睛兽催开，冲杀过来，就把子牙喜不自胜。子牙兜回四不像，传令军士：『擂鼓助战！』法戒被三运督粮官裹在垓心，不得落空，纵有法宝，如何使用？只见土行孙宾铁棍在下三路打了几棍，法戒意欲逃走；郑伦见土行孙成功，恐法戒逃遁，忙将鼻窍中两道白光哼出来。法戒听得，不知是甚么东西响，忙抬头一看，看见两道白光。正是：

眼见白光出鼻窍，三魂七魄去无踪。

话说法戒跌倒在地，被乌鸦兵生擒活捉绑了。子牙用符印镇住了法戒的泥丸宫，掌得胜鼓回营。法戒方睁开眼，见浑身上了绳索，叹曰：『岂知今日在此地误遭毒手！』追悔无及。只见子牙升帐坐下，三运官来见子牙。子牙曰：『三运得功不小！』奖谕三运官曰：

运督军需，智擒法戒。玄机妙算，奇功莫大！

子牙奖谕毕。三员官称谢子牙。子牙传令：『推法戒来。』众军卒将法戒推至中军。法戒大呼曰：『姜尚，你不必开言。今日天数合该如此，正所谓「大海风波见无限，谁知小术反擒吾。」可知是天命耳。速将军令施行！』子牙曰：『既知天命，为何不早降？』命左右：『推出去斩了！』众军士把法戒拥至辕门，方欲行刑，只见一道人作歌而来，歌曰：

善恶一时忘念，荣枯都不关心。晦明隐现任浮沉，随分饥餐渴饮。静坐蒲团存想，昏聩便有魔侵。故将恶念阻明君，何苦红尘受刃？

歌罢，大呼曰：『刀下留人，不可动手！你与我报知元帅，说准提道人来见。』杨戬忙报与子牙曰：『有西方准提道人来至。』子牙同众门人迎接至辕门外，请准提道人进中军。准提曰：『不必进营。贫道有一言奉告：法戒虽然违天阻逆元帅，理宜正法，但封神榜上无名，与吾西方有缘。贫道特为此而来，望子牙公慈悲。』子牙曰：『老师吩咐，尚岂敢违。』传令：『放了。』准提上前，扶起法戒曰：『道友，我那西方绝好景致，请道兄皈依：

西方极乐真幽境，风清月朗天籁定。白云透出引祥光，流水潺潺如谷应。猿啸鸟啼花木奇，菩提路上芝兰胜。松摇岩壁散烟霞，竹拂云霄招彩凤。七宝林内更逍遥，八德池边多寂静，远列巅峰似插屏，盘旋溪壑如幽磬。昙花开放满座香，舍利玲珑超上乘。昆仑地脉发来龙，更比昆仑无命令。』

话说准提道人道罢西方景致，法戒只得皈依，同准提辞了众人，回西方去了。后来法戒在舍卫国化祁它太子，得成正果，归于佛教。至汉明、章二帝时，兴教中国，大阐沙门。此是后事，不表。

且说界牌关主将见法戒被擒，忙命左右，将囹圄中雷震子放了，开关，同雷震子至营门纳降。探马报入中军：『启元帅：雷震子辕门等令。』子牙大喜，忙命：『令来。』雷震子至帐前对子牙曰：『徐盖久欲归周，屡被众将阻挠。今特同弟子献关纳降，不敢擅入，在辕门外听令。』子牙传令：『令来。』徐盖缟素进营，拜倒在地，启曰：『末将有意归周，无奈左右官将不从，致羁行旌，屡获罪戾，纳款已迟，死罪，死罪！望元帅海宥。』子牙曰：『徐将军既知天命归周，亦不为迟，何罪之有？』忙令请起。徐盖谢过，请子牙进关安抚军民。子牙传令：『催人马进关。』子牙升银安殿，一面迎请武王，一面清查户口、库藏。次日，武王驾进界牌关。众将迎接武王上银安殿，参谒毕，王曰：『相父劳心远征，使孤不得与相父共享升平，孤心不安。』子牙曰：『老臣以天下诸侯为重，民坐水火之中，故不敢逆天以图安乐。』子牙领徐盖拜见武王，武王曰：『徐将军献关有功，命设宴犒赏三军。』一宵已过。次日，子牙传令：『起兵前取穿云关。』放炮起程，三军呐喊，不过八十里一关，前哨探马报入中军：『前军已抵穿云关下。』子牙传令：『放炮安营。』正是：

战将东征如猛虎，营前小校似欢狼。

话说穿云关主将徐芳乃是徐盖兄弟。徐芳闻知兄长归周，只急得三尸神暴跳，口鼻内生烟，大骂：『匹夫不顾父母妻子，失身反叛，苟图爵位，遗臭万年！』忙点聚将鼓。众将俱上殿参谒。徐芳曰：『不幸吾兄忘亲背君，苟图富贵，献了关隘，已降叛臣。但我一门难免戮身之罪。为今之计，必尽擒贼臣，以赎前罪方可。』只见先行官龙安吉

曰：『主将放心，待末将先拿他几员贼将解往朝歌请罪，然后俟擒渠魁，以赎前愆，以显忠荩，则主将满门良眷自然无事矣。』徐芳曰：『此言正合吾意。只愿先行与诸将协力同心，以剿叛逆，上报主恩，是吾之愿也，其他亦非所顾忌。』众将商议。不表。且说次日，子牙升帐，问曰：『谁取穿云关去走一遭？』徐盖应声曰：『启元帅：穿云关主将乃是末将之弟，不用张弓只箭，末将说舍弟归周，以为进身之资。』子牙大喜曰：『将军若肯如此，真为不世之奇功，岂止进身而已！』徐盖上马至关下，大呼曰：『左右，开关！』守关军卒不敢擅自开关，忙报入帅府：『启主帅：有大老爷在关下叫关。』徐芳大喜：『快令开关，请来！』把关军士去了。徐芳吩咐左右：『埋伏刀斧手，两旁伺候。』不一时，左右开关。徐盖不知亲弟有心拿他，徐盖进关，来至府前下马，径至殿前。徐芳也不动身，问曰：『来者何人？』徐盖大笑曰：『贤弟为何见我至此，而犹然若不知也？』徐芳大喝一声，命：『左右，拿了！』两边跑出刀斧手，将徐盖拿下绑了。徐芳曰：『辱没祖宗匹夫！你降反贼，也不顾家眷遭殃。今日你自来至此，正是祖宗有灵，不令徐门受屠戮也！』徐盖大骂曰：『你这不知天时的匹夫！天下尽已归周，纣王亡在旦夕，何况你这弹丸之地，敢抗拒吊民伐罪之师！你要做忠臣，你比苏护、黄飞虎何如？洪锦、邓九公何如？我今被你所擒，死固无足惜；但不知何人擒你，以泄吾忿也！』徐芳传令：『把这逆命的匹夫且监候，俟拿了周武、姜尚，一齐解往朝歌正罪。』左右将徐盖监了。徐芳问：『谁为国讨头阵走一遭？』一将应声而出，乃正印先行官神烟将军马忠愿往。徐芳许之。马忠领令开关，炮声响处，杀至周营。报马报入中军：『启元帅：穿云关有将搦战。』子牙曰：『徐盖休矣！』忙令哪吒去取关，就探徐盖消息。哪吒领令，上了风火轮，出得营来，见马忠金甲红袍，威风凛凛。哪吒走至军前，马忠曰：『来者莫非哪吒否？』哪吒曰：『然也。你既知我，为何不倒戈纳降？』马忠大怒曰：『无知匹夫！你等妄自称王，逆天反叛，不守臣节，侵王疆土，罪在不赦。不日拿住你等，粉骨碎身尚自不知，犹且巧言饶舌！』哪吒笑曰：『吾看你等好一似土蛙腐鼠，顷刻便为齑粉，何足与言？』马忠怒起，摇手中枪，飞来直取。哪吒的枪闪灼光明。轮马相交，双枪并举，杀至穿云关下。正是：

马忠神烟无敌手，只恐哪吒道德高。

马忠知哪吒是道德之士，手段高强，自思：『我若不先下手，恐他先弄手脚，却是不美。』马忠把口一张，只见一道黑烟喷出，连人带马都不见了。哪吒见马忠黑烟喷出口，迷住一块，忙将风火轮登起，把身子一摇，现出八臂三头。蓝脸獠牙，起在空中。马忠在烟里看不见哪吒，急收神烟，正欲回马，只听得哪吒大叫：『马忠休走！吾来了！』马忠抬头，见哪吒三头八臂，蓝面獠牙，在空中赶来，马忠唬得魂不附体，拨马就走。哪吒忙将九龙神火罩抛来，罩住马忠，复把手一拍，罩里现出九条火龙围绕，霎时间，马忠化为灰烬。怎见得，有诗为证：

乾元玄妙授来真，秘有灵符法更神。
火枣琼浆原自异，马忠应得化微尘。

话说哪吒烧死马忠，收了神火罩，得胜回营，来见子牙，备言烧死马忠一事。子牙大喜，庆功。不表。

只见报马报入关中：『启主帅：马忠被哪吒烧死。』徐芳大怒。旁边转过龙安吉曰：『马忠不知浅深，自恃一口神烟，故有此败。待末将明日成功，拿几员反将，解往朝歌请罪。』次日，龙安吉上马出关，前来搦战。哨马报入中军。子牙问：『谁人出马？』只见武成王黄飞虎上帐曰：『末将愿往。』子牙许之。黄飞虎上了五色神牛，提枪出营。龙安吉见一员周将，怎见得，有诗为证：

惯战能争气更扬，英雄猛烈性坚强。
忠心不改归周主，铁面无回弃纣王。
青史名标真义士，丹台像列是纯良。
至今伐纣称遗迹，留得声名万古香。

龙安吉大呼曰：『来者何人？』飞虎曰：『吾乃武成王是也。』龙安吉曰：『你就是黄飞虎？反叛成汤，酿祸之根，今日正要擒你！』催开马摇手中斧来取。黄飞虎手中枪急架忙迎。二将相交，枪斧并举，大战五十余合。二将真是『棋逢敌手，将遇作家』。龙安吉见黄飞虎的枪法毫无渗漏，心下暗思：『莫与他卖弄精神。』把枪一挑，锦囊中取出一物，望空中一丢，只听得有叮当之声，龙安吉曰：『黄飞虎，看吾宝贝来也！』黄飞虎不知何物，抬头一看，早已跌下鞍鞒。关内人马呐一声喊，将黄飞虎生擒活捉，绳缠索绑，拿进穿云关去了。报马报入中军：『黄飞虎被擒。』子牙大惊曰：『是怎么样拿了去的？』掠阵官回曰：『正战之间，只见龙安吉丢起一圈在空中，有叮当

把枪一挑，锦囊中取出一物，望空中一丢，只听得有叮当之声，龙安吉曰：『黄飞虎，看吾宝贝来也！』

之声，黄将军便跌下坐骑，因此被擒。』子牙听说不悦：『此又是左道之术！』且说龙安吉将黄飞虎拿进穿云关来见徐芳，黄飞虎站立言曰：『吾被邪术拿来，愿以一死报国恩也。』徐芳骂曰：『真是匹夫！舍故主而投反叛，今天说「欲报国恩」，何其颠倒耶！且监在监中。』徐盖见黄飞虎来至，忙慰曰：『不才恶弟，不识天时，恃倚邪术，不意将军亦遭此罗网之厄。』黄飞虎点头无语，惟有咨嗟而已。话说徐芳治酒，与龙安吉贺功。次日又至周营搦战。子牙问：『谁敢出马？』只见洪锦出马，来至阵前，看见是龙安吉，龙安吉曾在洪锦帐下为偏将，洪锦曰：『龙安吉，你今见故主，为何不下马纳降，尚敢支吾耶？』龙安吉笑曰：『反将洪锦，何得多言！我正欲拿你等，解进朝歌，以正国法，尔何不知进退，尚敢巧言也。』发马就杀，刀斧并举。龙安吉祭起一圈，起在空中。不知此圈两个，左右翻覆，如太极一般，扣就阴阳连环双锁，此圈名曰『四肢酥』。此宝有叮当之声，耳听眼见，浑身四肢，骨解筋酥，手足齐软。当时洪锦听见空中响，抬头一看，便坐不住鞍

鞒，跌下马来，又被龙安吉拿了进关。洪锦自思：『此贼昔在吾帐下，我就不知他有这件东西，误陷匹夫之手！』左右将洪锦推至殿前，来见徐芳。徐芳大喜曰：『洪锦，你奉命征讨，如何反降逆贼？今日将何面目又见商君也！』洪锦曰：『天意如此，何必多言！吾虽被擒，其志不屈，有死而已！』徐芳传令：『且送下监去。』黄飞虎见洪锦也至监中，各各嗟叹而已。子牙又听得探马报进营来，言洪锦被擒，子牙心下十分不乐。次日，报：『龙安吉又来搦战。』子牙问：『谁去见阵？』只见南宫适出马，与龙安吉战有数合，被龙安吉仍用四肢酥拿进关来见徐芳。徐芳吩咐：『也送下监中。』只见报马报与子牙。子牙大惊。旁有正印先行哪吒言曰：『这龙安吉是何等妖术，连擒数将？待末将见阵，便知端的。』不知龙安吉性命如何，且听下回分解。

第八十回　杨任下山破瘟司

诗曰：

瘟癀伞盖属邪巫，疫疠阎浮尽若屠。
列阵凶顽非易破，着人狂躁岂能苏。
须臾遍染家家尽，顷刻传尸户户殂。
只为子牙灾未满，穿云关下受崎岖。

话说哪吒上了风火轮，前来关下搦阵，大呼曰：『左右的！传与你主将，叫龙安吉出来见我！』徐芳闻报，命龙安吉出阵。龙安吉领命，出得关来，见哪吒在风火轮上，心下暗思：『此人乃是道术之士，不如先祭此宝，易于成功。』龙安吉至军前问曰：『来者可是哪吒么？』道罢，哪吒未及答应，就是一枪。哪吒的枪赴面相迎。轮马交还，只一合，龙安吉就祭四肢酥丢在空中，大叫：『哪吒！看吾宝贝！』哪吒抬头看时，只见阴阳扣就如太极环一般，有叮当之声。龙安吉不知哪吒是莲花化身，原无魂魄，焉能落下轮来。倏然此圈落在地下。哪吒见圈落下，不知其故。龙安吉大惊。正是：

鞍鞒慌坏龙安吉，岂意哪吒法宝来。

话说哪吒又现出三头八臂，祭起乾坤圈，大呼曰：『你的圈不如我的，也还你一圈！』龙安吉躲不及，正中顶

门，打下马来。哪吒复加上一枪，结果了性命。哪吒枭了首级，进营来见子牙：『取了龙安吉首级。』子牙大喜。

且说报马报知徐芳，徐芳大惊。只见左右无将，朝廷又不点官来协守，止得方义真一人而已，如之奈何？忙修本遣官，赍赴朝歌。不表。忽见左右来报：『府前有一道人要见老爷。』徐芳忙传令：『请来。』少时，见一道人，三只眼，面如蓝靛，赤发獠牙，径进府来。徐芳降阶迎接，请上殿，与道人打稽首，徐芳尊道人上坐。徐芳问曰：『老师是哪座名山？何处洞府？』道人曰：『贫道乃九龙岛炼气士，姓吕，名岳。吾与姜尚有不世之仇，今特来至此，借将军之兵，以复昔日之仇。』徐芳大喜：『成汤洪福天齐，又有高人来助！』治酒相待。一宿晚景不题。却说次日，吕岳出关至营前，请子牙答话。报马报入中军：『启元帅：有一道人请元帅答话。』子牙不知是吕岳，吩咐：『点炮出营。』来至营前，看见对阵乃是吕岳，不觉可笑。岂意子牙两边众门人一见吕岳，人人切齿，个个咬牙。子牙曰：『吕道友，你不知进退，尚不愧颜！当日既得逃生而去，今日又为何复投死地也。』吕岳曰：『我今日来时，也不知谁死谁活！』只见雷震子大吼一声，骂曰：『不知死的匹夫！吾来了！』展开二翅，飞在空中。好黄金棍，夹头打来。吕岳手中剑急架忙迎。金吒步行，用双剑劈头砍来。木吒厉声大骂：『泼道！不要走！也吃吾一剑！』李靖、韦护、哪吒众门人一齐拥上前来，将吕岳困在垓心，怎见得，有诗为证，诗曰：

杀气迷空透九重，一干神圣逞英雄。
这场大战惊天地，海沸江翻势更凶。

龙安吉躲不及，正中顶门，打下马来。

话说众门人围住了吕岳，吕岳现出三首六臂，祭起列瘟印，把雷震子打将下来。众门人齐动手救回。子牙把打神鞭祭起空中，正中吕岳后背，打得三昧真火迸出，败回穿云关来。吕岳进关，徐芳接住，安慰曰：『老师，今日会战，其实利害。』吕岳曰：『今日出去早了，等吾一道友来，再出去，便可成功。』话说子牙进营，见雷震子着伤，心下又有些不悦。且自不题。

只见吕岳在关上，一连住了几日。不一日，来了一位道者，至府前对军政官曰：『你与主将说，有一道人求见。』军政官报入，吕岳曰：『请来。』少时，一道人进府，与吕岳打了稽首，与徐芳行礼坐下。徐芳问吕岳曰：『此位老师高姓大名？』吕岳曰：『此是吾弟陈庚，今日特来助你，共破子牙，并擒武王。』徐芳称谢不尽，忙治酒款待。吕岳问陈庚曰：『贤弟前日所炼的那件宝贝，可曾完否？』陈庚答曰：『为等此宝完了，方才赶来，所以来迟，明日可以会姜尚耳。』正是：

炼就奇珍行大恶，谁知海内有高明。

一宿晚景无词。只至次日，吕岳命徐芳选三千人马，出关来会子牙，徐芳亲自掠阵。不表。且说子牙升帐，与众门人曰：『今日吕岳又来阻吾之兵，你们各要仔细。』正议间，左右来报：『杨戬辕门等令。』子牙传令：『令来。』杨戬来至帐前行礼毕，言曰：『奉令催粮无误。』子牙曰：『如今吕岳又来阻住穿云关。』杨戬曰：『吕岳乃是失机之士，何敢又阻行旌？』话犹未了，只见军政官来报：『吕岳会战。』子牙忙传令出营，率领众将，与诸门人随子牙来至营前。吕岳曰：『姜子牙，吾与你有势不两立之仇！若论两教作为，莫非如此，且你系元始门下道德之士。吾有一阵，摆与你看，但你认得，吾便保周伐纣；若是认不得，我与你立见高低。』子牙曰：『道友，你何不自守清净，往往要作此业障，甚非道者所为。你既摆阵，请摆来我看。』吕岳同陈庚进阵，有半个时辰，摆成一阵，复至军前，大呼曰：『姜子牙请看吾阵！』子牙同哪吒、杨戬、韦护、李靖上前来。杨戬曰：『吕道长，吾等看阵，不可发暗器伤人。』吕岳曰：『尔乃小辈之言。我自用堂堂之阵，正正之旗，岂有用暗器伤你之理！』子牙同众人往前后看了一遍，浑然一阵，又无字迹，如何认得。子牙心中焦躁：『此必是不可攻伐之阵，又是左道之术。』子牙忽然想起元始四偈：『界牌关下遇诛仙，穿云关底受瘟癀。』『此莫非是瘟癀阵？』乃对杨戬曰：『此正应吾师元始之言，莫非是瘟癀阵么？』杨戬曰：『待弟子对他说。』二人商议停当，回至军前。吕岳曰：『子牙公识此阵否？』杨戬答曰：『吕道长，此乃小术耳，何足为奇！』吕岳曰：『此阵何名？』杨戬笑曰：『此乃瘟癀阵。你还不曾摆全；俟摆全了，吾再来破你的。』吕岳闻杨戬之言，如石投大海，半晌无言。正是：

炉中玄妙全无用，一片雄心付水流。

话说杨戬言罢，同众人回营。子牙升帐坐下，众门人齐赞杨戬利齿伶牙。子牙曰：『虽然一时回得他好看，终不知此阵中玄妙，如何可破？』哪吒曰：『且答应他一时，再作道理。况且十绝恶阵与诛仙这样大阵，俱也破了，何况此小小阵图，不足为虑。』子牙曰：『虽然如此，不可不慎。古人云：「人无远虑，必有近忧。」岂可因其小而忽略。』众门人齐曰：『元帅之言甚善。』正议间，左右来报：『终南山云中子来见。』众门人曰：『武王洪福天齐，自有高人来济此阵之急也。』子牙忙迎出辕门，接住云中子。二人携手，行至帐中坐下。子牙曰：『道兄此来，必为姜尚遇此瘟癀阵也。』云中子笑曰：『特为此阵而来。』子牙欠身谢曰：『姜尚屡遭大难，每劳列位道兄动履，尚何以消受。』因请教：『此阵中有何秘术？当用何人可破？』云中子曰：『此阵不用别人，乃是子牙公百日之灾。只至灾满，自有一人来破。吾与你代掌帅印，调督军事。其余不足为虑。』子牙曰：『但得道兄如此，姜尚便一死又何足惜，况未必然乎！』子牙欣然，就将剑、印付与云中子掌管。只见左右传与武王，武王闻知云中子说子牙有百日之灾，忙至中军。左右来报。云中子与子牙迎接上帐，行礼坐下。武王曰：『闻相父破阵，孤心不安。往往争持，致多苦恼，孤想不若回军，各安疆界，以乐民主，何必如此？』云中子曰：『贤王不知，上天垂象，天运循环，气数如此，岂是人为，纵欲逃之不能。贤王放心。』武王默然无语。

且不言云中子与子牙商议破敌，且说吕岳进关，同陈庚将二十一把瘟癀伞安放在阵内，按九宫八卦方位，摆列停

当；中立一土台，安置用度符印，打点擒拿周将。正与陈庚在阵内调度，见左右来报：『有一道人要见吕老爷。』吕岳曰：『是谁？与我请来。』少时，那道人飘然而至。吕岳一见李平来至，忙迎住，喜曰：『道兄此来，必是来助我一臂之力，以灭周武、姜尚也。』李平曰：『不然。我特来劝你。吾在中途，闻你摆瘟癀阵以阻周兵，我故此特地前来，相劝道兄。今纣王无道，罪恶贯盈，天下共叛，此天之所以灭商汤也。武王乃当世有德之君，上配尧舜，下合人心，是应运而兴之君，非草泽乘奸之辈。况凤鸣岐山，王气已钟久矣。道兄安得以一人扭转天命哉。子牙奉天征讨，伐罪吊民，会诸侯于孟津，正应灭纣于甲子。难道我李平反为武王，不为截教，来逆道兄之意？道兄若依我劝，可撤去此阵，但凭武王与子牙征伐取关。我们原系方外闲人，消遥散淡，无束无拘，又何名缰利锁之不能解脱耶。』吕岳笑曰：『李兄差矣！我来诛逆讨叛，正是应天顺人。我为何自己受惑，反说我所为非也！你看我擒姜尚、武王，令他片甲不回。』李平曰：『不然。姜尚有七死三灾之厄，他也过了；遇过多少毒恶之人，十绝、诛仙恶阵，他也经过；也非容易至此。古云：「前车已覆，后车当鉴。」道兄何苦执迷如此？』李平五次三番劝不醒吕岳，此正是：

三部正神天数尽，李平到此也难逃。

话说吕岳不听李平之劝，差官下书，知会姜尚，来破此阵。使命赍战书至子牙行营，来到辕门。左右报入中军。子牙命：『令来。』使命至中军，朝上见礼毕，呈上战书。子牙接开展玩，书曰：

九龙岛炼气士吕岳致书于西岐元帅姜子牙麾下：窃闻物极必返，逆天必罚。尔西岐不守臣节，以臣伐君，以下凌

上，有干纲常，得罪天地；况且以党恶之象，屡抗敌于天兵，仗阐教之术，复屠城而杀将，恶已贯盈，人神共愤。故上天厌恶，特假手于吾，设此瘟癀阵。今差使致书，早早批宣，以决胜负。如自揣不德，急早倒戈，尚待尔不死。战书至日，速乞自裁。

且说子牙看罢书，将原书批回：『明日决破此阵。』来使领书，回见吕岳。不表。次日，云中子在中军请子牙上帐，用三道符印：前心一道，后心一道，冠内一道；又将一粒丹药与子牙揣在怀中。打点停当，只听得关外炮响，报马报进营来：『有吕岳在营前搦战。』子牙上了四不像，武王同众将诸门下齐至军前掠阵。真好瘟癀阵！怎见得，有赞为证，赞曰：

杀气漫空，悲风四起。杀气漫空，黑暗暗俱是些鬼哭神嚎；悲风四起，昏澄澄尽是那雷轰电掣。透心寒，怎禁他冷气侵人；解骨酥，难当他阴风扑面。远观似飞砂走石，近看如雾卷云腾。瘟疫气阵阵飞来，火水扇翩翩乱举。瘟癀阵内神仙怕，正应姜公百日灾。

话说子牙至阵前曰：『吕岳，你今设此毒阵，与你定决雌雄。只怕你祸至难逃，悔之晚矣。』吕岳忙催开金睛驼，仗剑飞来直取。子牙手中剑急架忙迎。二人战未及数合，吕岳掩一剑，径入阵去了。子牙催开四不像，随后赶进阵来。吕岳上了八卦台，将一把瘟癀伞往下一盖，昏昏黑黑，如红纱黑雾罩将下来，势不可当。子牙一手执定杏黄旗架住此伞。可怜！正是：

七死三灾扶帝业，万年千载竟留芳。

话说吕岳将子牙困于阵中，复出阵前大呼曰：『姜尚已绝于吾阵，叫姬发早早受死！』武王在辕门闻吕岳之言，慌问云中子曰：『老师，相父若果绝于阵中，真痛杀孤家也！』云中子曰：『不妨，此是吕岳谬言。子牙该有百日之灾。』只见后边哪吒、杨戬、金木二吒、李靖、韦护、雷震子一齐大呼：『拿这妖道碎尸万段，以泄我等之恨！』吕岳、陈庚二人向前迎敌，大战在一处。只杀的阴风飒飒，冷雾迷空。怎见得：

这几个赤胆忠良名誉大；他两个要阻周兵心思坏。一低一好两相持，数位正神同赌赛。降魔杵，来得快，正直无私真宝贝。这一边哪吒、杨戬善腾挪，那一边吕岳、陈庚多作怪。刀枪剑戟往来施，俱是玄门仙器械。今日穿云关外赌神通，各逞英雄真可爱。一个凶心不息阻周兵，一个要与武王安世界。苦争恶战岂寻常，地惨天昏无可奈！

话说众人把吕岳、陈庚困在垓心，哪吒现了三首八臂，把乾坤圈祭起，正中陈庚肩窝上。杨戬祭哮天犬，把吕岳头上咬了一口。二人径败进瘟癀阵去了。众门人也不赶他，同武王进营。武王不见子牙，心中甚是不乐，问云中子曰：『相父受困于阵内，几时方能出来？』云中子曰：『不过百之厄，灾满自然无事。』武王大惊曰：『百日无食，焉能再生？』云中子曰：『大王可记得在红沙阵内，也是百日，自然无事？古云：「有福之人，千方百计莫能害他；无福之人，遇沟壑也丧性命。」大王不必牵挂。』且不讲武王纳闷在帐内，度日如年，双眉频锁。且说吕岳自困住了子牙，甚是欢喜，每日入阵内三次，用伞上之功，将瘟癀来毒子牙。可怜子牙全仗昆仑杏黄旗撑住瘟癀伞，阵内常放金花千百朵，或隐或现，保护其身。话说吕岳进关来，徐芳接住曰：『老师，今将姜尚困于阵内，不知他何日得死？周兵何日得剿？』吕岳曰：『吾自有法取之。』徐芳曰：『如今且把擒获周将解往朝歌请罪，吾另外再作一本，称赞老师功德，并请益兵防守。』吕岳曰：『不必言及吾等。你乃纣臣，理当如此；我是道门，又不受他爵禄，言之无用。只是不可把反臣留在关内，提防不测，这到是紧要事，并请兵协守，再作理会。』徐芳领命，忙忙把四将点名，上了囚车，差方义真押解往朝歌请罪。正是：

指望成功扶帝业，中途自有异人来。

话说方义真押解四将往潼关来，算只有八十里，不一日就到。且按下不表。

话说青峰山紫阳洞清虚道德真君闲暇无事，往桃园中来，见杨任在旁，真君曰：『今日正该你去穿云关以解子牙瘟癀阵之厄，并释四将之愆。』杨任曰：『老师，弟子乃是文臣出身，非是兵戈之客。』真君笑曰：『这有何难，学之自然得会；不学虽会也疏。』真君随入后洞，取出一根枪，名曰『飞电枪』，在桃园里，传与杨任，有歌为证，歌曰：

君不见：此枪名号为『飞电』。穿心透骨不寻常，刺虎降龙真可羡。先天铅汞配雌雄，炼就坎离相眷恋。也能飞，也能战，变化无穷随意见。今日与你破瘟癀，吕岳逢之鲜血溅。

话说杨任乃是封神榜上之神，自然聪慧，一见真君传授，须臾即会。真君曰：『我把云霞兽与你骑。还有一把五

火神焰扇，你带了下山，若进阵中，须是如此如此，自然破他瘟癀阵，何愁吕岳不灭耳！还有黄飞虎四将，有难在中途，你先可救他在关内，以为接应；破阵后，里外夹攻，定然成功。』杨任拜辞师父下山，上了云霞兽，把顶上角拍了一把，那骑四蹄自然生起云彩，望空中飞来。正是：

莫道此兽无好处，曾赴蟠桃四五番。

且说杨任霎时已至潼关，离城有三十里远，只见方义真解着犯官前进，旗幡上大书『解岐周反将黄飞虎、南宫适……』等名字。杨任落下兽来，阻住去路，大呼曰：『来将哪里去？』军士一见杨任，生的古怪蹊跷，眼眶里长出两只手来，手心里反有两只眼睛，骑着一匹神兽，五绺长髯，飘扬脑后，军士见之，无不骇然，飞报与方义真：『启上将军：前边来了个古怪异人阻住了路。』方义真仗自己胸襟，把马一夹，走出车前，见杨任如此行状，从来也不曾有这样的相貌，心中也自着惊，大呼曰：『来者何人？』杨任终是文官出身，言语自然轻柔，乃应曰：『不须问我，吾乃上大夫杨任是也。将军，天道已归明主，你又何必逆天行事，自取灭亡也。』方义真曰：『吾奉主将命令，押解周将往朝歌请功，你为何阻住去路？』杨任曰：『吾奉师命下山，来破瘟癀阵，今逢将军押解周将，理宜救护。我劝将军不若和我归了武王，正所谓应天顺人，不失封侯之位，有何不可。』方义真见杨任低言悄语，不把杨任放在心上，把手中枪一举，大喝曰：『逆贼休走，吃吾一枪！』杨任忙用手中枪急架相还。两家大战，未及数合，杨任恐军士伤了被擒官将，忙用五火神焰扇照着方义真一扇扇去。杨任不知此扇利害，一声响，怎见得，可怜！有诗为证，诗

曰：

烈焰腾空万丈高，金蛇千道逞英豪。

黑烟卷地红三尺，煮海翻波咫尺消。

话说杨任把扇子一扇，方义真连人带马化一阵狂风去了。众军士见了，呐一声喊，抱头弃兵，奔走回关。且说黄飞虎等见杨任这等相貌，知是异人，忙在陷车中问曰：『来者是哪一位尊神？』杨任认得是黄飞虎，俱是一殿之臣，忙下了云霞兽，口称：『黄将军，我非别人，不才便是上大夫杨任。因纣王失政，起造鹿台，我等直谏，昏君将吾剜去二目。多亏道德真君救吾上山，将两粒仙丹纳放目中，故此生出手中之眼耳。今特着我下山，来破瘟癀阵，先救将军等，故效此微劳耳。』随放了四将。四将谢过了杨任，只是咬牙深恨。杨任曰：『四位将军且不必出关，且借住民家，待吾破了瘟癀阵，那时率众取关，公等可作内应。只听炮声为号，不可有误。』黄飞虎等感谢杨任，自投关内民家去了。且说杨任上了云霞兽，出穿云关，来至周营，下了云霞兽。军政官见了大惊。杨任曰：『早报于武王，吾非反臣也。』报马报入中军：『有异人求见。』云中子知是杨任来了，忙传令：『请进中军。』诸将见了，各自骇然。杨任见云中子下拜，曰：『师叔在此，料吕岳何能为患。』云中子安慰，谢毕请起，与众门人相见。杨任来见武王。武王大惊，问其原故，杨任把纣王剜目之事又说了一遍。武王大喜，命治酒款待。杨任又将救了四将事表过：『……吾师特命不才来破瘟癀阵耳。』云中子曰：『你来得正好。还差三日，正是百日之厄完满。』众门人见又添杨任，各有欢喜之色，不觉过了三日。次日清晨，周营炮响，大队齐出，一干周将与众门人并武王、云中子齐至辕门，看杨任破瘟癀阵。杨任至阵前大呼曰：『吕岳何不早来见我！』只见阵内吕道人现了三首六臂，手拎宝剑而出，见杨任相貌异常，心下也自惊骇，忙问曰：『你是何人？通个名来！』杨任曰：『吾乃道德真君门下杨任是也。今奉师命下山，特来破你瘟癀阵。』吕岳笑曰：『你不过一小童耳，敢出大言！』仗剑来取。杨任飞电枪急架相迎。二兽相交，枪剑并举。战未三合，吕岳掩一剑望阵中而走。杨任大呼：『吾来也！』杨任进阵，不知吉凶如何，且听下回分解。

第八十一回　子牙潼关遇痘神

诗曰：

痘疹恶疾胜疮疡，不信人间有异方。
疱紫毒生追命药，浆清气绝索魂汤。
时行户户应多难，传染人人尽着伤。
不是武王多福荫，枉教军士丧疆场。

话说吕岳走进阵去，杨任赶进阵来。吕岳上了八卦台，将瘟瘽伞撑起来，往下一罩。杨任把五火扇一扇，那伞化作灰烬，飘扬而去；又连扇了数扇，只见那二十把伞尽成飞灰。当有瘟部神祇李平进阵来，指望劝解吕岳，不要与周兵作难，也是天数该然，恰逢其会，当被杨任一扇子扇来，李平怎能逃脱，可怜！正是：

一点诚心分邪正，反遭一扇丧微躯。

李平误被杨任一扇子扇成灰烬。陈庚大怒，骂曰：『何处来的妖人，敢伤吾弟！』举兵刃飞取杨任。杨任把扇子连扇数扇，莫说是陈庚一人，连地都扇红了。吕岳在八卦台上见势头凶险，捏着避火诀，指望逃走，不知杨任此扇乃五火真性，攒簇而成，岂是五行之火可以趋避。吕岳见火势愈炽，不能镇压，撤身往后便走，被杨任赶上前，连扇数扇，把八卦台与吕岳俱成灰烬。三魂俱赴封神台去了。有诗为证，诗曰：

九龙岛内曾修炼，得道多年根未深。
今日遭逢神火扇，可知天意灭嗔心。

话说杨任破了瘟㾮阵，只见子牙在四不像上伏定，手执着杏黄旗，左右金花发现，拥护其身。诸门人看见，齐来搀住。子牙也不言语，面如淡金。只见四不像一跃而起。武王在辕门见武吉背负子牙而来，武王垂泪言曰：『相父不过为国为民，受过苦中之苦！』随将子牙背至中军，放在卧榻之上。云中子用丹药灌入于子牙口中，送下丹田。少时，子牙睁目，见众将官立于左右，乃言曰：『有劳列位苦心。』武王大喜曰：『相父且自安心，仔细调理。』子牙在军中安养了数日，只见云中子曰：『子牙且自宽心，只有万仙阵，我等再来助你，今日且奉别。』子牙不敢强留，云中子回终南山去了。子牙打点取关，只见杨任上前言曰：『前日不才已暗放了四将在内，元帅可作速调遣。』子牙见杨任说有四将在内，须得里外夹攻，方可取关。子牙传令，点众将攻关。且说徐芳又见破了瘟㾮阵，左右来报：『方义真已死，四将不知所往。』心下十分着忙。只见门外杀声震地，锣鼓齐鸣，喊声不止，如天崩地塌之状。徐芳急上关来守御，只见周兵大势人马，四面架起云梯火炮，攻打甚急。有雷震子大怒，飞在空中，一棍刷在城敌楼上，把敌楼打塌了半边。徐芳禁持不住，急下城来。雷震子已站于城上。哪吒登起风火轮，也上城来。守城军士见雷震子这等凶恶，一齐走了。哪吒下城，斩落了锁钥，周兵一拥而入。徐芳见周营大势人马进关，只得纵马摇枪前来抵当，被周营大小众将把徐芳围困在当中，彼此混战。且说黄飞虎、南宫适、洪锦、徐盖听得关内喊杀，知是周兵成功，四

将步行，赶至关前，见周兵已将徐芳围住，黄飞虎大叫曰：『徐芳休走，吾来也！』徐芳正在着忙之际，又见黄飞虎等四人冲杀前来，不觉吃了一惊，措手不及，被黄飞虎一剑砍来，徐芳望后一闪，那剑竟砍落马首，把徐芳撞下鞍鞒，被士卒生擒活捉，拿缚关下。众将收了军卒，迎姜元帅进关，升厅坐下，出榜安民毕。有黄飞虎、南宫适等来见子牙。子牙曰：『将军等身受陷阱之苦，幸皇天庇祐，转祸为福，此皆将军等为国忠心，感动天地耳。』众将在穿云关安置已定，子牙吩咐：『把徐芳推来。』左右将徐芳拥至阶前，徐芳立而不跪。子牙骂曰：『徐芳，你擒兄已绝手足之情，为臣有失边疆之责，你有何颜尚敢抗礼？此乃人中之禽兽也！速推出斩首！』众军士把徐芳推出斩首，号令在穿云关。武王设宴与众将饮酒，犒赏三军。翌日，子牙传令起兵。行有八十里，兵至潼关，安营炮响，立下寨栅。子牙升帐，众将官参谒毕，商议取关。

且言潼关主将余化龙有子五人，乃是余达、余兆、余光、余先、余德，惟余德一人在海外出家，不在潼关，连余化龙只有余子五人守此关隘。忽听关外炮响，探事报知：『周兵抵关下寨。』余化龙谓四子曰：『周兵此来，一路屡屡得胜，今日至此，亦是劲敌，须是要尽一番心力。』四子齐曰：『父亲放心，料姜尚有多大本领，不过偶然得胜，谅他可能过得此关！』不言余化龙父子商议，再言子牙次日升帐，问左右：『谁去取此关见阵一遭？』旁有太鸾应声曰：『末将愿往。』子牙许之。太鸾出营，至关下搦战。哨马报入关中。余化龙命长子余达出关。余达领令出关。太鸾见潼关内有一将，银甲红袍，真个齐整，滚出关来。怎见得，有赞为证，赞曰：

紫金冠，名束发；飞凤额，雉尾插。面如傅粉一般同，大红袍罩连环甲。狮鸾宝带现玲珑，打将钢鞭如铁塔。银合马跑白云飞，白银枪杵鞍上拉。大红旗上书金字，潼关首将名余达。

话说太鸾大呼曰：『潼关来将何名？』余达曰：『吾乃余元帅长子余达是也。久闻姜尚大逆不道，兴兵构怨，不守臣节，干犯朝廷关隘，是自取灭亡耳。』太鸾曰：『吾元帅乃奉天征讨，东进五关，吊民伐罪，会合天下诸侯，观政于商。五关进之有三，尔尚敢拒逆天兵哉。速宜倒戈，免汝一死；若候关破之日，玉石俱焚，追悔何及！』余达大怒，摇枪直取。太鸾手中刀赴面来迎。二将大战，二三十合，余达拨马便走。太鸾随后赶来。余达闻脑后马至，挂下枪，取出撞心杵，回手一杵，正中太鸾脸上。太鸾翻下鞍鞒。可怜为将官的，正是：

祸福随身于顷刻，翻身落马顷无头。

余达把太鸾一杵打下马来，复一枪结果了性命，枭了首级，掌鼓进关，见父请功，将首级号令于关上。败兵回见子牙报知，子牙闻太鸾已死，心下不乐。次日，子牙升帐，只见苏护上帐，欲去取关，子牙许之。苏护上马，至关下讨战。哨马报知。余化龙命次子余兆出关对敌。苏护问曰：『来者何人？』余兆曰：『吾乃余元帅次男余兆是也。尔是何名？』苏护曰：『吾非别人，乃冀州侯苏护是也。』余兆曰：『老将军，末将不知是老皇亲。老将军身为贵戚，世受国恩，宜当共守王土，以图报效，何得忘椒房之宠，一旦造反，以助叛逆，窃为将军不取！一旦武王失恃，那时被擒，身弑国亡，遗讥万世，追悔何及。速宜倒戈，尚可转祸为福耳。』苏护大怒：『天下大势，八九已非商土，

余达闻脑后马至，挂下枪，取出撞心杵，回手一杵，正中太鸾脸上。

岂在一潼关也！』纵马摇枪，直取余兆。余兆手中枪急架忙迎。二马来往，未及十合，余兆取一杏黄幡一展，咫尺似一道金光一晃，余兆连人带马就不见了。苏护不知所往，急自左右看时，脑后马至；慌忙转马，早被余兆一枪刺中胁下，苏护翻鞍落马，一魂已往封神台去了。余兆取了首级，进关来见父报功，将首级号令，庆喜。不表。且说子牙又见折了苏护，着实伤悼。苏护长子苏全忠闻报痛哭。上帐欲报父仇，子牙不得已，许之。苏全忠领令，至关下搦战。哨马报进关来，余化龙令第三子余光出关对敌。苏全忠见关中一少年将来，切齿咬牙，大喝曰：『你可是余兆？快来领死！』余光曰：『非也。吾乃是余元帅三子余光是也。』苏全忠大怒，纵马摇戟，冲杀过来。二马相交，戟枪并举，大战有二十余合，余光拨马便走。苏全忠因父亲被害，怒发如雷，大骂曰：『不杀匹夫，誓不回兵！』赶下阵来。余光按下枪，取梅花标，回首一标，有五根一齐出手。全忠身中三标，几乎坠于马下，败回周营。余光得胜，进关见父回令：『标打苏全忠败回。』余化龙曰：『明日待吾亲

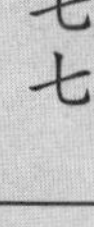

会姜尚，设谋共破周兵，必取全胜。』次日，关中点炮呐喊，余总兵带四子出关，至周营搦战。哨马报进营来。子牙与众将出营拒敌，左右军威甚齐。余化龙见子牙出兵，叹曰：『人言子牙善于用兵，果然话不虚传。』余化龙看罢，一骑当先：『姜子牙请了！』子牙答礼曰：『余元帅，不才甲胄在身，不能全礼。不才奉天征讨独夫，以除不道，吊民伐罪，所以望风纳降，俱得保全富贵；所有逆命者，随则败亡，国家尽失。元帅不得以昨日三次侥幸之功，认为必胜之策。倘执迷不悟，一时玉石俱焚，悔之何及？请自三思，毋贻伊戚。』余化龙笑曰：『似你出身浅薄，不知天高地厚戴载之恩，只知妖言惑众，造反叛主，以逞狂为。今日逢吾，只教你片甲无存，死无葬身之地矣。』大叫：『左右！谁与我拿姜尚见头一功？』只见左右四子冲杀过来。苏全忠战住余达；余兆敌住武吉；邓秀抵住余光；余先战住黄飞虎；余化龙压住阵脚。四对儿交兵，这场大战，怎见得好杀，有赞为证，赞曰：

两阵上旗幡齐磨，四对将各逞英豪。长枪阔斧并相交，短剑斜挥闪耀。苏全忠英雄赳赳；余达似猛虎头摇；武吉只教活拿余兆；邓秀喊捉余光餐刀；黄飞虎恨不得枪挑余先下马；众儿郎助阵似潮涌波涛。咫尺间天昏地暗，杀多时鬼哭神嚎。这一阵只杀得尸横遍野血凝膏，尚不肯干休罢了。

八员战将，各要争先，余达拨马就走；苏全忠随后赶来，被余达回手一杵，正中护心镜上，打得纷纷粉碎，苏全忠翻身落马；余达勒回马，挺枪来刺，早有雷震子展开双翅，飞来且快，使开黄金棍，当头刷来，余达只得架棍。周营内早有偏将祁恭将全忠救回。话说余化龙见雷震子敌住余达，自纵马舞刀来取子牙；旁有哪吒蹬风火轮挺枪来刺，

来往冲突，两军杀在虎穴之中。正酣战间，却有杨戬催粮至营，见子牙开对交兵，杨戬立马横刀，看十人对敌，不分胜负。杨戬自思曰：『等我暗助他等一阵。』远远将哮天犬祭起。余化龙哪里知道？被哮天犬一口咬了颈子，连盔都带去了。哪吒见余化龙着伤，急祭起乾坤圈，一圈正中余先肩窝，大败而走。周兵挥动人马，冲杀一阵，只杀得尸横遍野，血淋草稍。子牙掌鼓回营。正是：

眼前得胜欢回寨，只恐飞灾又降临。

话说余化龙被哮天犬所伤，余先又打伤肩臂，父子二人呻吟一夜，府中大小俱不能安。不一日，余德回家探父，家将报知：『五爷来了。』余化龙尚自呻吟不已。只见余德走近卧榻之前，见父亲如此模样，急忙请问。余化龙将前事备述一遍。余德曰：『不妨，这是哮天犬所伤。』忙取丹药，用水敷之，即时全愈。又用药调治兄长余先。当日晚景休题。次日，余德出关至周营，只要姜子牙答话。哨马报入中军，子牙随出大营，见一道童，头挽抓髻，麻鞋道服，仗剑而来。子牙曰：『道者从哪里来？』余德曰：『吾乃余化龙第五子余德是也。杨戬用哮天犬咬伤吾父；哪吒用圈打伤吾兄，今日下山，特为父兄报仇。吾与汝等共显胸中道术，以决雌雄。』撒步仗剑，来取子牙。旁有杨戬舞刀忙迎。哪吒提枪，现出三首八臂；雷震子、韦护、金吒、木吒、李靖一齐上前迎敌，口称：『拿此泼道，休得轻放！』众门人一齐上前，把余德围在垓心，纵有奇术，不能使用。杨戬见余德浑身一团邪气裹住，知是左道之术，把马跳出圈子去，取弹弓在手，发出金丸，正中余德。余德大叫一声，借土遁走了。子牙回营，杨戬见子牙曰：『余德

少时，见一水火童子出来，杨戬上前稽首曰：『敢烦师兄借传一语，杨戬求见。』

乃左道之士，浑身一团邪气笼罩，防他暗用妖术。」子牙曰：『吾师有言：「谨防达兆光先德。」莫非就是此余德也？』旁有黄飞虎曰：『前日四将轮战四日，果然是余达、余兆、余光、余先、余德。』子牙大惊，忧容满面，双锁眉梢，正寻思无计。

且说余德着伤，败回关上，进府来，用药服了，不一时，身体全愈。余德切齿深恨曰：『我若留你一个，也不是有道之士！』彼时至晚，余德与四兄曰：『你们今夜沐浴静身，我用一术，使周兵七日内，叫他片甲无存。』四人依其言，各自沐浴更衣。至一更时分，余德取出五个帕来，按青、黄、赤、白、黑颜色，铺在地下。余德又取出五个小斗儿来，一人拿着一个：『叫你抓着洒，你就洒；叫你把此斗往下泼，你就泼。不用张弓射箭，七日内死他干干净净。』兄弟五人，俱站在此帕上。余德步罡斗法，用先天一气，忙将符印祭起。好风！有诗为证，诗曰：

萧萧飒飒竟无踪，拔树崩山势更凶。

莫道封夷无用处，藏妖隐怪作先锋。

话说余德祭起五方云来至周营，站立空中，将此五斗毒痘四面八方泼洒，至四更方回。不表。且说周营众人俱肉体凡胎，如何经得起，三军人人发热，众将个个不宁。子牙在中军也自发热。武王在后殿，自觉身疼。六十万人马俱是如此。三日后，一概门人、众将，浑身上下俱长出颗粒，莫能动履，营中烟火断绝。止得哪吒乃莲花化身，不逢此厄。杨戬知道余德是左道之人，故此夜间不在营中，各自运度，因此上不曾浸染。只见过了五六日，子牙浑身上俱是黑的。此痘形按五方：青、黄、赤、白、黑。哪吒与杨戬曰：『今番又是那年吕岳之故事。』杨戬曰：『吕岳伐西岐，还有城郭可依；如今不过行营寨栅，如何抵挡。倘潼关余家父子冲杀出来，如何济事！』二人心下甚是焦闷。且说余化龙父子六人在潼关城上来看，周营烟火全无，空立旗幡寨栅，余达曰：『乘周营诸将有难，吾等领兵下关，一齐杀出，只此一阵成功，却不为美！』余德曰：『长兄，不必劳师动众，他自然尽绝，也使旁人知我等妙法无边。不动声色，令周兵六十万余人自然灭绝。』父子五人齐曰：『妙哉！妙哉！』看官：此正是武王有福，不然，若依余达之言，则周营兵将死无噍类。正是：

洪福已扶仁圣主，徒令余德逞奇谋。

话说杨戬见子牙看看病势危急，心下着慌，与哪吒共议曰：『师叔如此狼狈，呼吸俱难，如之奈何。』话犹未了，只见半空中黄龙真人跨鹤而来。杨戬、哪吒迎接黄龙真人至中军坐下。真人曰：『杨戬，你师父可曾来？』杨戬

答曰：『不曾来。』真人曰：『他原说先来，如今该会万仙阵了。』话未绝时，又听得玉鼎真人自空中来至。杨戬迎迓，拜罢，玉鼎真人起身，入内营来看子牙，见子牙如此模样，真人点首叹曰：『虽是帝王之师，好容易！正是你：

七死三灾今已满，清名留在简篇中。』

玉鼎真人叹息不已，随命杨戬：『你再往火云洞走一遭。』杨戬领命，借着土遁往火云洞而来，如风云一样。看看来至山脚下，好山，真无限的景致，有奇花馥馥，异草依依。怎见得，有赋为证，赋曰：

势连天界，名号火云。青青翠翠的乔松，龙鳞重叠；猗猗挺挺的秀竹，凤尾交加；蒙蒙茸茸的碧草，龙须柔软；古古怪怪的古树，鹿角丫叉。乱石堆山，似大大小小的伏虎；老藤挂树，似弯弯曲曲的腾蛇。丹壁上更有些分分明明的金碧影；低涧中只见那香香馥馥的瑞莲花。洞府中锁着那氤氤氲氲的雾霭；青峦上笼着那烂烂熳熳的烟霞。对对彩鸾鸣，浑似那咿咿哑哑的律吕；双双丹凤啸，恍疑是嘹嘹亮亮的笙笳。碧水跳珠，点点滴滴从玉女盘中泄出；虹霓流彩，闪闪灼灼自苍龙岭上飞斜。真个是：福地无如仙景好，火云仙府胜玄都。

话说杨戬看罢景致，不敢擅入。少时，见一水火童子出来，杨戬上前稽首曰：『敢烦师兄借传一语，杨戬求见。』童子认得杨戬，忙回礼曰：『师兄少待。』童子回言毕，进洞府来：『启老爷：外面有杨戬求见。』伏羲圣人曰：『着他进来。』童子复至外面：『杨戬进见。』杨戬至蒲团前，倒身下拜：『弟子杨戬愿老爷圣寿无疆！』拜罢，将书呈上。伏羲展玩，书曰：

弟子黄龙真人、玉鼎真人薰沐顿首，谨书上启辟天开地昊皇上帝宝座下：弟子仰仗三教，演习灵文，自宜默守蒲团，岂敢冒言渎奏。但弟子等运逢劫数，杀戒已临，襄应运之天子，伐无道之独夫。路至潼关，突遭余德以左道之幻术，暗毒害于生灵。兹有元戎姜尚暨门徒将士兵卒六十余万，骤染颗粒之疮，莫辨为痈为毒，恹恹待尽，至呼吸以难通，旦夕垂亡，虽水浆而莫用。自思无奈，仰叩仁慈，恳祈大开恻隐，怜继天立极之圣君，拯无辜之性命，早施雨露，以慰倒悬。临启不胜待命之至！

伏羲看罢书，谓神农曰：『今武王有事于天下，乃是应运之君，数当有此厄难，吾等理宜助一臂之力。』神农曰：『皇兄之言是也。』遂取三粒丹药付与杨戬。杨戬得了丹药，跪而启曰：『此丹将何用度？』伏羲曰：『此丹：一粒可救武王；一粒可救子牙；一粒用水化开，只在军前四处洒过，此毒气自然消灭。』杨戬又问曰：『不知此疾何名？』伏羲曰：『此疾名为痘疹，乃是传染之病，若少救迟，俱是死症。』杨戬又启曰：『倘此疾后日传染人间，将何药能治？乞赐指示。』神农曰：『你随我出洞至紫云崖来。』杨戬随了神农来至崖前，寻了一遍，神农拔一草递与杨戬：『你往人间，传与后世，此药能救痘疹之患也。』杨戬又跪恳曰：『此草何名？』神农曰：『你听我道来：此草有诗为证，诗曰：

紫梗黄根八瓣花，痘疮发表是升麻。

常桑曾说玄中妙，传与人间莫浪夸。』

话说杨戬求了丹药，又传下升麻，以济后人，离了火云洞，径至周营，来见玉鼎真人，备言：『……求得丹药，并升麻之草，可救痘疹之厄。』黄龙真人忙将丹药化开，先救武王；玉鼎真人来治子牙；杨戬与哪吒用水化开此丹，用杨枝洒起四处来。霎时间，痘疹之毒一时全消。正是：

痘疹毒害从今起，后人遇着有生亡。

周营内被杨戬、哪吒在四面洒遍。只三山五岳门人，与凡夫不同，俱是腹内有三昧真火的，又会五行之术，不觉俱先好了，人人切齿，个个咬牙。次日，子牙见众门人脸上俱有疤痕，子牙大怒，与众人共议取潼关泄恨。众人齐厉声大叫曰：『今日不取潼关，势不回军！』不知余化龙父子性命如何，且听下回分解。

第八十二回　三教大会万仙阵

诗曰：

万仙恶阵列山隈，飒飒寒风劈面催。
片片祥光笼斗柄，纷纷杀气透灵台。
鱼龙此际分真伪，玉石从今尽脱胎。
多少修持遭此劫，三尸斩去五云开。

话说余化龙与余达等俱听了余德言语，不以周兵为意，逐日饮酒，只等周营兵将自己病死。那一日不觉就是第八日，余化龙对诸子言曰：『今日已是八日，不见探事官来报，我们可上城一看。』五子齐曰：『上城看看才是。』那时离了帅府，上得城来，只见周营比起初三四日光景不同：起先营中毫无烟火；今日周营中反觉腾腾杀气，烈烈威风，人人勇敢，个个精神，旌旗严整，金鼓分明，重重戈戟，叠叠枪刀。余化龙忙问余德曰：『这几日周营中已有复旧光景，此事如何？』余达从旁埋怨曰：『兄弟，你不从吾言，致有今日。岂有人是自家会死得尽的？』余德默然不言，暗思：『吾师传我此术，响应随时，岂有不准之理？其中必有原故。』乃对父兄言曰：『事已至此，迟疑无益。此必有人在暗中解了。谅他一时身弱，也不能争战。不若乘其不备，一战可以成功；迟则有变。』余化龙听说，只得领五子杀出关来，径奔周营，欺周将身弱，余德穿道服仗剑在前，如风驰雨骤而来，喊声大振。姜子牙与众门人诸

子牙坐四不像，哪吒引道，众门人左右拥护，一齐杀出营来，大呼曰：『余化龙！今日是汝父子死期至矣！』

将正要出营，恰逢其时，杨戬曰：『此匹夫恃强欺敌，是自取死也。』子牙坐四不像，哪吒引道，众门人左右拥护，一齐杀出营来，大呼曰：『余化龙！今日是汝父子死期至矣！』金、木二吒气冲牛斗；杨任腹内生烟；雷震子声如霹雳；韦护咬碎钢牙；李靖欲平吞他父子；龙须虎足踏水云，奋勇争先。余家父子迎上前来。周营中众门人裹住了余家父子。未及数合，哪吒现了三首八臂，登起风火轮，先在潼关城上。军士见哪吒三首八臂，一声喊，散了个干净。余化龙父子见哪吒上关，身子被众人裹住，不得跳出圈子，因此上出了神，被雷震子一棍，正中余光顶上，翻下马来。余达大呼曰：『匹夫！伤吾之弟，势不两立！』来战雷震子，又被韦护祭起降魔杵把余达打死，倒在尘埃。杨任将扇子一扇，余先、余兆二人化作飞灰而散。余德见弟兄已死四人，心中大怒，直奔子牙杀来。子牙身体方才好，谅战不过，急祭打神鞭于空中，正中余德，打翻在地，早被李靖一戟刺死。雷震子见哪吒上城，也飞进城来。余化龙见五子阵亡，潼关已归西土，在马上大呼曰：『纣王！臣不

能尽忠扶帝业，为主报深仇，臣今拚一死而报君恩也！』余化龙仗剑自刎而亡。后人单道余化龙父子一门死节，后人有诗吊之，诗曰：

铁骑驰驱血刃红，潼关力战未成功。
一门尽节忠商主，万死丹心泣晓风。
苟禄真能惭素位，捐生今始识英雄。
清风耿耿流千载，岂在渔樵谈笑中。

话说余化龙自杀，子牙驱人马进关，出榜安民，清查库藏。子牙怜余化龙父子一门忠烈，命左右收尸厚葬。凡军士未得平复的，俱放在潼关调理。子牙方分剖已定，只见黄龙真人、玉鼎真人与子牙议曰：『前面就是万仙阵了，可请武王也暂歇在此关。我等领人马往前面，要路上先命人造起芦篷席殿，迎迓三教师尊。我等只此一举，以完劫数，了此红尘之杀运也。』子牙不觉大喜，忙命杨戬、李靖去造芦篷。二人领令去讫。周营众将自从遭痘疹之厄，人人身弱，个个狼狈，俱在关上将息。又过了数日，只见李靖回令：『芦篷俱已完备。』黄龙真人曰：『芦篷既完，只是众门人去得；余者俱离四十里远，扎下团营，俟破阵后，方许起程。』众将得令，就此驻扎。不表。

且说子牙同二位真人，与诸门人弟子，前至芦篷上。但见悬花结彩，香气氤氲，迎接玉虚门下之客，今日万仙阵总会一面，满其红尘杀戒，再去返本还元。不一时这三山五岳众道人齐齐拍手大笑而来：广成子、赤精子、文殊广法

天尊、普贤真人、慈航道人、清虚道德真君、太乙真人、灵宝大法师、道行天尊、惧留孙、云中子、燃灯道人，众道人见子牙稽首，曰：『今日之会，正完其一千五百年之劫数。』正是：

元满皈依从正道，静心定性诵『黄庭』。

子牙迎接上篷坐下，先论破阵原故。燃灯曰：『只等师长来，自有道理。』众皆默然端坐。且说金灵圣母在万仙阵中，见燃灯道人顶上现了三花，冲上空中，已知玉虚门下众道者来了；随发一个雷声，振开万仙阵，一块烟雾撒开，现出万仙阵来。芦篷上众仙一见，睁目细看数番，见截教中高高下下，攒攒簇簇，俱是五岳三山四海之中云游道客、奇奇怪怪之人。燃灯点头对众道人叹曰：『今日方知截教有这许多人品。吾教不过屈指可数之人。』正是：

玄都大法传吾辈，方显清虚不二门。

内中有黄龙真人曰：『众位道友，自元始以来，为道独尊，但不知截教门中一意滥传，遍及匪类，真是可惜工夫，苦劳心力，徒费精神；不知性命双修，枉了一生作用，不能免生死轮回之苦，良可悲也！』道行天尊曰：『此一会，正是我等一千五百年之劫，难逢难遇。今我等先下篷看看，如何？』燃灯曰：『吾等不必去看，只等师尊来至，自有会期。』广成子曰：『我等又不与他争论，又不破他的阵，远观何妨？』众道人曰：『广成子言之甚当。』燃灯阻不住众人，只得下篷，一齐来看万仙阵。只见门户重叠，杀气森然。众仙摇首曰：『好利害！人人异样，个个凶形，全无办道修行意，反有争持杀伐心。』燃灯对众人曰：『列位道兄，你看他们可是神仙了道之品！』众仙看罢，

只一合，马遂祭起金箍，把黄龙真人的头箍住了。

方欲回篷，只听万仙阵中一声钟响，来了一位道人作歌而出，歌曰：

人笑马遂是痴仙，痴仙腹内有真玄。
真玄有路无人走，惟我蟠桃赴几千。

马遂歌罢，大呼曰：『玉虚门下，既来偷看吾阵，敢与我见个高低？』燃灯曰：『你们只贪看恶阵，致多生此一段是非。』黄龙真人上前曰：『马遂，你休要这等自恃。如今吾不与你论高低，且等掌教圣人来至，自有破阵之时。你何必倚仗强横，行凶灭教也。』马遂跃步，仗剑来取。黄龙真人手中剑急忙来迎。只一合，马遂祭起金箍，把黄龙真人的头箍住了。真人头疼不可忍，众仙急救真人，大家回芦篷上来。真人急忙除金箍，除又除不掉，只箍得三昧真火从眼中冒出，大家闹在一处。不表。且说元始天尊来会万仙阵，先着南极仙翁持玉符先行。南极仙翁跨鹤而来，云光缥缈。马遂抬头，见是南极仙翁，急架云光至半空中来，阻住去路。仙翁笑曰：『马遂，你休要猖獗，掌教师尊来了。』马遂正欲争持，只见后面仙乐一派，遍地异香，马遂知不可争持，按落

云头，回归本阵。南极仙翁先至芦篷，率众仙迎鸾接驾，上篷坐下。众门人拜毕，侍立两旁。元始曰：『黄龙真人有金箍之厄。』忙叫：『过来。』黄龙真人走至面前，元始用手一指，金箍随脱。真人谢毕，元始曰：『今日你等俱该圆满此厄，各回洞府，守性修心，斩却三尸，再不惹红尘之难。』众门人曰：『愿老师圣寿无疆！』正静坐间，忽听得空中有一阵异香仙乐，飘飘而来。元始已知老子来至，随同众门人迎候。老子下了板角青牛，携手上篷。众门人礼拜毕，老子拍掌曰：『周家不过八百年基业，贫道也到红尘中来三番四转，可见运数难逃，何怕神仙佛祖。』元始曰：『尘世劫运，便是物外神仙都不能免，况我等门人，又是身犯之者，我等不过来了此一番劫数耳。』二位师尊言过，端然默坐。至二更时分，只见各圣贤顶上现有璎珞庆云，祥光缭绕，满空中有无限瑞霭，直冲霄汉。且不言二位掌教师尊与众门人默坐芦篷。不表。

且说金灵圣母在万仙阵内，见瑞霭祥云，知二位师伯已至，自思曰：『今日掌教师伯已来，吾师也要早至方可。』及至天明，只听的半空中仙乐盈空，珮环之声不绝，群仙随通天教主离了碧游宫，亲至万仙阵来。金灵圣母得知，率领众仙，迎接教主，进了阵门，上了八卦台坐下。万仙叩谒毕，金灵圣母曰：『二位师伯俱已至此。』通天教主曰：『罢了！如今是月缺难圆。既摆此万仙阵，必定与他见个雌雄，以定一尊之位。今日是万仙统会，以完劫数。』随命长耳定光仙：『你且去芦篷上，见你二位师伯，下这一封书。』定光仙领命，径至芦篷下，见杨戬等俱在左右站立。哪吒问曰：『来者何人？』长耳定光仙曰：『吾是奉命下书，来见师伯的。借你通报。』哪吒上前启知。

老子曰：『命来。』哪吒下篷说知。定光仙上得篷来，见左右立着十二代门人，定光仙拜伏于地，将书呈上。老子看书毕，谓定光仙曰：『吾知道了。明日来破万仙阵也。』定光仙下篷至万仙阵，回复通天教主。且说次日，二位教主领众门徒来看万仙阵，下得篷来，至阵前一见，好万仙阵！怎见得，有赞为证，赞曰：

一团怪雾，几阵寒风。彩霞笼五色金光，瑞云起千丛艳色。前后排山岳修行道士与全真；左右立湖海云游陀头并散客。正东上：九华巾，水合袍，太阿剑，梅花鹿，都是道德清高奇异人；正西上：双抓髻，淡黄袍，古定剑，八叉鹿，尽是驾雾腾云清隐士；正南上：大红袍，黄斑鹿，昆吾剑，正是五遁三除截教公；正北上：皂色服，莲子箍，宾铁锏，跨麋鹿，都是倒海移山雄猛客。翠蓝幡，青云绕绕；素白旗，彩气翩翩；大红旗，火云罩顶；皂盖旗，黑气施张。杏黄幡下千千条古怪的金霞，内藏着天上无、世上少、辟地开天无价宝。又是乌云仙、金光仙、虬首仙神光赳赳；灵牙仙、毘芦仙、金箍仙气概昂昂。七香车坐金灵圣母，分门别户；八虎车坐申公豹，总督万仙；无当圣母法宝随身；龟灵圣母包罗万象。金钟响，翻腾宇宙；玉磬敲，惊动乾坤；提炉排，袅袅香烟龙雾隐；羽扇摇，翩翩彩凤离瑶池。奎牛上坐的是混沌未分、天地玄黄之外、鸿钧教下通天截教主。只见长耳仙持定了神书奥妙道德无穷兴截灭阐六魂幡。左右金童随圣驾，紫雾红云离碧游。通天教主身心变，只因一怒结成仇。两教生克终有损，天翻地覆鬼神愁。昆仑正法扶明主，山河一统属西周。

话说老子同元始来看万仙阵，老子一见万仙阵，与元始曰：『他教下就有这些门人！据我看来，总是不分品类，一概滥收，哪论根器深浅？岂是了道成仙之辈？此一回玉石自分，浅深互见。遭劫者，可不枉用工夫，可胜叹息！』

话犹未了，只见通天教主从阵中坐奎牛而出，穿大红白鹤绛绡衣，手执宝剑而来。老子看通天教主全无道气，一脸凶光。怎见得，有赞为证，赞曰：

辟地开天道理明，谈经论法碧游京。
五气朝元传妙诀，三花聚顶演无生。
顶上金光分五彩，足下红莲逐万程。
八卦仙衣飞紫气，三锋宝剑号青蘋。
伏虎降龙为第一，擒妖缚怪任纵横。
徒众三千分左右，后随万姓尽精英。
天花乱坠无穷妙，地拥金莲长瑞祯。
度尽众生成正果，养成正道属无声。
对对幡幢前引道，纷纷音乐及时鸣。
奎牛稳坐截教主，仙童前后把香焚。
霭霭沉檀云雾长，腾腾杀气自氤氲。

白鹤唳时天地转，青鸾展翅海山澄。

通天教主离金阙，来聚群仙百万名。

话说通天教主见二位教主，对面打稽首，曰：『二位道兄请了！』老子曰：『贤弟可谓无赖之极！不思悔过，何能掌截教之主？前日诛仙阵上已见雌雄，只当潜踪隐迹，自己修过，以忏往愆，方是掌教之主；岂得怙恶不改，又率领群仙布此恶阵。你只待玉石俱焚，生灵戕灭殆尽，你方才罢手，这是何苦定作此业障耶！』通天教主怒曰：『你等谬掌阐教，自恃己长，纵容门人，肆行猖獗，杀戮不道，反在此巧言惑众。我是哪一件不如你？你敢欺我！今日你再请西方准提道人将加持杵打我就是了。不知他打我即是打你一般。此恨如何可解！』元始笑曰：『你也不必口讲，只你既摆此阵，就把你胸中学识舒展一二，我与你共决雌雄。』通天教主曰：『我如今与你仇恨难解，除是你我俱不掌教，方才干休！』通天教主道罢，走进阵去。少时，布成一个阵势，乃是一个阵结三个营垒，攒簇而立。通天教主至阵前问曰：『你二人可识吾此阵否？』老子大笑曰：『此乃是吾掌中所出，岂有不知之理。此是太极两仪四象之阵耳！有何难哉！』通天教主曰：『可能破否？』元始曰：『你且听吾道来：

混元初判道为尊，炼就乾坤清浊分。

太极两仪生四象，如今还在掌中存。』

老子问曰：『谁去破此太极阵走一遭？』赤精子大呼曰：『弟子愿会此阵！』作歌而出，歌曰：

今朝圆满斩三尸，复整菩提在此时。
太极阵中遇奇士，回头百事自相宜。

赤精子跃身而出。只见太极阵中一位道人，长须黑面，身穿皂服，腰束丝绦，跳出阵前，大呼曰：『赤精子，你敢来会吾阵么？』赤精子曰：『乌云仙，你不可恃强，此处是你的死地了！』乌云仙大怒，仗剑来取。赤精子手中剑赴面交还。未及三四个回合，乌云仙腰间掣出混元锤就打，一声响，把赤精子打了一跤，乌云仙才待下手，有广成子大呼曰：『少待伤吾道兄，吾来了！』仗剑抵住了乌云仙。二人大战，未及数合，乌云仙又是一锤把广成子打倒在地。广成子爬将起来，往西北上走了。通天教主命乌云仙赶去：『定然拿来！』乌云仙领法旨，随后赶来。广成子前走；乌云仙后赶。看看赶上，广成子正无可奈何，转过山坡，只见准提道人来至。让过了广成子，准提阻住了乌云仙，笑容满面，口称：『道友请了！』乌云仙认得是准提道人，大叫曰：『准提道人，你前日在诛仙阵上伤了吾师，今又阻吾去路，情殊可恨！』仗宝剑望准提道人顶上劈来。道人把口一张，有一朵青莲托住了剑。言曰：

舌上青莲能托剑，吾与乌云有大缘。

准提曰：『道友，我与你是有缘之客，特来化你归吾西方，共享极乐，有何不美？』乌云仙大呼曰：『好泼道！欺吾太甚！』又是一剑。准提用中指一指，一朵白莲托剑。准提又曰：『道友，

掌上白莲能托剑，须知极乐在西方。

二六莲台生瑞彩，波罗花放满园香。』

乌云仙大呼曰：『一派胡说！敢来欺我！』又是一剑。准提将手一指，一朵金莲托住。准提曰：『乌云仙友，吾乃是大慈大悲，不忍你现出真相，若是现时，可不有辱你平昔修炼工夫化为乌有。我如今不过要与你兴西方教法，故此善善化你，幸祈急早回头。』乌云仙大怒，又是一剑砍来。准提将拂尘一刷，乌云仙手中剑只剩得一个靶儿。乌云仙大怒，拎起混元锤打来。准提就跳出圈子去了。乌云仙随后赶来。准提曰：『徒弟在哪里？』只见一个童儿来，身穿水合衣，手执竹枝而来。不知乌云仙凶吉如何，且听下回分解。

第八十三回　三大师收狮象犼

诗曰：

一钩明月半轮秋，三点如星仔细求。
狮象有名缘相立，慈航无着借形修。
朝元最忌贪嗔败，脱骨须知挂碍仇。
总为诸仙逢杀劫，披毛带角尽皆休。

话说准提道人命水火童子：『将六根清静竹，来钓金鳌。』童子向空中将竹枝垂下，那竹枝就有无限光华异彩，裹住了乌云仙，乌云仙此时难逃现身之厄。准提叫曰：『乌云仙，你此时不现原形，更待何时！』只见乌云仙把头摇了一摇，化作一个金须鳌鱼，剪尾摇头，上了钓竿。童子上前，按住了乌云仙的头，将身骑上鳌鱼背上，径往西方八德池中受享极乐之福去了。正是：

八德池中闲戏耍，金莲为伴任逍遥。

话说准提道人收了金鳌，赶至万仙阵前。通天教主看见准提，怒冲面上，眼角俱红，大呼曰：『准提道人，你今日又来会吾此阵，吾决不与你干休！』准提道人曰：『乌云仙与吾有缘，被吾用六根清净竹钓去西方八德池边，自在逍遥，无挂无碍，真强如你在此红尘中扰攘也。』通天教主听罢大怒，正欲与准提厮杀，只听得太极阵中一人作歌而

出，歌曰：

大道非凡道，玄中玄更玄。谁能参悟透，咫尺见先天。

话说太极阵中虬首仙提剑而出：『谁人敢进吾阵中来，共决雌雄？』准提道人曰：『文殊广法天尊，借你去会此位有缘之客。』准提道人把文殊广法天尊顶上一指，泥丸复开，三光迸出，瑞气盘旋。元始天尊递一幡与文殊，名曰盘古幡：『可破此太极阵。』文殊广法天尊接幡作偈而出，偈曰：

混元一气此为先，万劫修持合太玄。

莫道此中多变化，汞铅消尽福无边。

文殊广法天尊歌罢，虬首仙大呼曰：『今日之功，各显其教，不必多言！』仗手中剑砍来。文殊广法天尊手中剑急架相还。未及数合，虬首仙便往阵中而去。文殊广法天尊纵步赶来。虬首仙进阵，便祭起符印，只见阵中如铁壁铜墙一般，兵刃如山。文殊广法天尊将盘古幡展动，镇住了太极阵，广法天尊现出一法身来。怎见得，有赞为证：

面如蓝靛，赤发红髯。浑身上五彩呈祥，遍体内金光拥护。降魔杵滚滚红焰飞来；金莲边腾腾霞光乱舞。正是：

太极阵中皈依大法现威光，朵朵祥云笼八面。

虬首仙见广法天尊现出一位化身，甚是奇异，只见香风缥缈，璎珞缠身，莲花托足。虬首仙无法可治，正欲回避；文殊忙将捆妖绳祭起，命黄巾力士：『拿去芦篷下，听候发落。』广法天尊收了法像，徐徐出阵，上篷来见元

元始命南极仙翁：『去芦篷下，将虬首仙打出原身。』

始，曰：『弟子已破太极阵矣。』元始命南极仙翁：『去芦篷下，将虬首仙打出原身。』仙翁领命至篷下，见虬首仙缚住一团。南极仙翁对虬首仙口中念念有词，道声：『疾！还不速现原形，更待何时！』只见虬首仙把头摇了两摇，就地一滚，乃是一个青毛狮子，剪尾摇头，甚是雄伟。南极仙翁回复元始天尊命令。元始吩咐：『就命广法天尊坐骑，仍于项下挂一牌，上书虬首仙名讳。』次日，老子与元始亲临阵前，问：『通天教主何在？』左右报与通天教主，径出阵前，老子命文殊骑了青狮至前面，老子指与通天教主看，曰：『你的门下，长有此等之物，你还要自逞道德清高，真是可笑！』就把个通天教主羞红满面，大怒曰：『你再敢破吾两仪阵么？』老子尚未及回言，只见两仪阵内灵牙仙大呼而出曰：『谁敢来破吾两仪阵么？』正是：

袖里乾坤翻上下，两仪阵内定高低。

灵牙仙径出阵来，问：『谁敢来见吾此阵？』元始命普贤真人曰：『你去破此阵走一遭。』遂将太极符印付与普贤真人。真人至阵前曰：

『灵牙仙，你苦行成形，为何不守本分，又来多此一番事也。只怕你咫尺间现了原形，那时悔之晚矣。』灵牙仙大怒，仗二剑飞来直取。普贤真人仗手中剑火速忙迎。未及数合，灵牙仙便往两仪阵中而去；普贤真人赶入阵内。灵牙仙祭动两仪妙用，逞截教玄功，发动雷声，来困普贤真人。只见普贤真人泥丸宫现出化身，甚是凶恶。怎见得，有赞为证：

面如紫枣，巨口獠牙。霎时间红云笼顶上，一会家瑞彩罩金身。璎珞垂珠挂遍体，莲花托足起祥云。三首六臂持利器，手内降魔杵一根。正是：有福西方成正果，真人今日已完成。

话说普贤真人现出法身，镇住灵牙仙，仍用长虹索，命黄巾力士：『将灵牙仙拿去芦篷下，听候指挥。』普贤真人破了两仪阵，径至芦篷上，参见老子。老子命南极仙翁：『速现灵牙仙原身。』南极仙翁领令，将三宝玉如意把灵牙仙连击数下。灵牙仙就地一滚，现出原形，乃是一只白象。老子吩咐：『将白象颈上也挂一牌，上书灵牙仙名讳，与普贤真人为坐骑。』复至阵前。通天教主见青狮在左，白象在右，不觉大怒，正欲上前，只见四象阵中金光仙大呼曰：『阐教门人不要逞强，吾来也！』乃作歌而出，歌曰：

妙法广无边，身心合汞铅。今领四象阵，道术岂多言。
二指降龙虎，双眸运大玄。谁人来会我，方是大罗仙。

元始见金光仙出得四象阵来，勇猛莫敌，忙吩咐慈航道人曰：『你将如意执定，进四象阵去，直须……如此如

此，就变化无穷，何愁此阵不破也：此是你有缘之骑。』慈航道人作歌而出，歌曰：

普陀崖下有名声，了劫归根返玉京。

今日已完收四象，梦魂犹自怕临兵。

慈航歌罢，金光仙跃身而出，大呼曰：『慈航道人，你口出大言，肆行无忌，好个「今日已完收四象」，只怕你死于目前！不要走，正要拿你！』仗手中剑飞来直取，慈航道人手中剑急架忙迎。未及三合，金光仙便入四象阵去了。慈航赶入阵中。金光仙将四象阵符印发开，内有无穷法宝来治慈航道人。正是：

四象阵遇金毛犼，潮音洞里听谈经。

话说慈航道人见四象阵中变化无穷，忙将头上一拍，有一朵庆云笼罩，盖住顶上，只听得一声雷响，现出一位化身，怎见得：

面如傅粉，三首六臂。二目中火光焰里见金龙；两耳内朵朵金莲生瑞彩。足踏金鳌，霭霭祥云千万道；手中托杵，巍巍紫气彻青霄。三宝如意擎在手，长毫光灿灿；杨柳在肘后，有瑞气腾腾。正是：普陀妙法庄严，方显慈航道行。

且说金光仙看见阐教内门人这等化身，自叹曰：『真好一个玉虚门下，果然气宇不同！』欲待逃回，早已被慈航道人祭起三宝玉如意，命黄巾力士：『把此物拿去篷下，听候发落。』少时，力士平空把金光仙拿到芦篷下。南极仙翁在篷下等候，忽见空中丢下金光仙来，南极仙翁见金光仙跌下篷来，遵老子命令，将金光仙颈上连拍几下：『这业障还不速现原形，更待何时！』金光仙情知不能逃脱，就地一滚，现出原形，乃是一只金毛犼。仙翁至芦篷回复法旨。元始吩咐：『也与他颈上挂一牌，书金光仙名讳，就与慈航为坐骑。』仙翁一一如命施为。慈航骑了，复出阵前。此乃是三大师收伏狮、象、犼；后兴释门，成于佛教，为文殊、普贤、观音，是三位大士；此是后话，表过不题。且说通天教主见如此光景，心中大怒，方欲仗剑前来，以决雌雄，忽听得后面一门人大呼曰：『老师不要动怒，吾来也！』通天教主观之，乃是龟灵圣母，身穿大红八卦衣，仗手中宝剑，作歌而来，歌曰：

炎帝修成大道通，胸藏万象妙无穷。

碧游宫内传真诀，特向红尘西破戎。

只见龟灵圣母欲来拿广成子报仇，这壁厢有惧留孙迎上前来曰：『那业障慢来！』老子、元始、准提道人三位教主是慧眼，看见龟灵圣母行相，元始笑曰：『二位道兄，似这样东西，如何也要成正果，真个好笑！』——你道他如何出身，有赞为证：

根源出处号帮泥，水底增光独显威。

世隐能知天地性，灵惺偏晓鬼神机。

藏身一缩无头尾，展足能行即自飞。

苍颉造字须成体，卜筮先知伴伏羲。
穿萍透荇千般俏，戏水翻波把浪吹。
条条金线穿成甲，点点装成玳瑁齐。
九宫八卦生成定，散碎铺遮绿羽衣。
生来好勇龙王幸，死后还驼三教碑。
要知此物名何姓，炎帝得道母乌龟。

且说龟灵圣母仗剑出来，与惧留孙大战，未及三五合，急祭起日月珠打来。惧留孙不识此宝，不敢招架，转身往西而败走。通天教主大呼曰：『速将惧留孙拿来！』龟灵圣母飞赶前来。惧留孙乃是西方有缘之客，久后入于释教，大阐佛法，兴于西汉。正往西上逃走，只见迎头来了一人，头挽双髻，身穿水合道袍，徐徐而来，让过惧留孙，阻住龟灵圣母，大呼曰：『不要赶吾道友。你既修成人体，礼当守分安居，如何肆志乱行，作此业障。若不听吾之言，那时追悔何及！你可速回，吾乃西方教主，大展沙门，今来特遇有缘，非是无端惹事。正是：

若是有缘当早会，同上西方极乐天。』

龟灵圣母大呼曰：『你是西方客，当守你巢穴，如何敢在此妖言乱语，惑吾清听！』也不及交手，急祭日月珠劈面打来。接引道人指上放一白毫光，光上生一朵青莲，托住此珠。西方教主曰：『青莲托此物，众生哪得知？』龟灵

圣母原非根深行满之辈，不知进退，依旧用此珠打来。接引道人曰：『既到此间，也免不得行此红尘之事；非是我不慈悲，乃是气数使然，我也难为自主。我且将此宝祭起，看他如何。』西方教主将念珠祭起，龟灵圣母一见，躲身不及，那念珠落下，正打在龟灵圣母背上，压倒在地，现出原身，乃是一个大龟，只见压得头足齐出。惧留孙方欲仗剑斩之，西方教主急止之曰：『道友不可杀他，若动此念，转劫难完，相报不已。』教主呼：『童子在哪里？』西方教主言未毕，只见一童走至面前，西方教主曰：『我同此位道友去会有缘之客，你可将此畜收之。』接引道人同惧留孙赴芦篷来。不表。

且说西方白莲童子将一小小包儿打开，欲收龟灵圣母，不意走出一件好东西，甚是利害，声音细细，映日飞来。怎见得，有诗为证：

声若轰雷嘴若针，穿衾度幔更难禁。
贪餐血食侵人体，畏避烟熏集茂林。
炎热愈威偏聒噪，寒风才动便无情。
龟灵圣母因逢劫，难免群锋若聚簪。

话说白莲童子打开包裹，放出蚊虫，那蚊虫闻得血腥气，俱来叮在龟灵圣母头足之上，及至赶打，如何赶得彻，未曾赶得这里，那里又宿满了。不一时，把龟灵圣母吸成空壳。白莲童子急至收时，他也自四散飞去，一翅飞往西方，把十二品莲台食了三品。后来西方教主破了万仙阵回来，方能收住，已是少了三品莲台，追悔无及。正是：

九品莲台登彼岸，千年之后有沙门。

不表蚊虫之事，且说西方教主同惧留孙来至万仙阵前，见了紫雾红云，黄光缭绕，有准提道人见师兄来至，老子与元始忙迎上前，打稽首曰：『道友请了！』对面通天教主看见，大呼曰：『接引道人，你前番可恶，破吾诛仙阵，今又来此！吾与你见个高下！』道罢，把奎牛催开，用剑来取。西方教主也不动手，只见泥丸宫舍利子升起三颗，或上或下，反覆翻腾，遍地俱是金光。通天教主宝剑架隔，不能近身。通天教主大怒，复用渔鼓打来。准提用手一指，一朵金莲架住，亦不能近身。老子与元始请曰：『二位道兄暂回，今日且不要与他较量。』赤精子听罢，忙鸣金钟，广成子又击玉磬。四位教主皆回。通天教主又不能阻拦，心中大怒，曰：『今日且让他暂回，明日决要会你等，以见高下！』老子曰：『你且回去，不要性急。』

只见四位教主回至芦篷上坐下，元始曰：『二位道兄此来共佐周室，若明日破阵，必尽除此教，以绝彼之虚妄。只是难为后来访道修真之人，绝此一种耳。』接引道人曰：『贫道此来，单只为渡有缘之客。据吾观，万仙阵中邪者多而正者少，没奈何，只得随缘相得，不敢勉强耳。』老子曰：『吾等门人今已满戒，明日速破此阵，让他早早返本还元，以全此辈根行，也不失我等解脱一场。』元始随命姜尚过来，问曰：『前日破诛仙阵，那四口宝剑在否？』子牙曰：『此剑俱在弟子处。』元始曰：『取来。』子牙随取出四口剑献上元始，乃『诛』、『戮』、『陷』、『绝』

之剑。元始乃命广成子、赤精子、玉鼎真人、道行天尊四人过来。吩咐曰：『你四人但看明日吾等进阵之时，阵里面八卦台前有一座宝塔升起，你四个先冲进重围之中，祭起此剑。原是他的宝剑，还绝他的门人，非吾等故作此恶业也。』又谓子牙曰：『明日会阵之际，但凡吾门下见者，皆可进阵，以完劫数。』子牙领了法旨，来到芦篷下，吩咐众门人曰：『明日共破万仙阵，尔等俱入阵中，各见雌雄，以完劫数。』众门人听说，喜不自胜。不表。

且说潼关众将听得破万仙阵，俱在关内，一个个心痒难抓，恨不得也来看看。内有洪锦与龙吉公主曰：『我也是截教，况你又是瑶池仙子，理合去会万仙阵，如何在此不行？』龙吉公主曰：『我们明日去无妨。』夫妻计议停当。次日，来见武王曰：『臣辞大王，要去会万仙阵，以完劫数，特听姜元帅调遣。』武王曰：『卿去固好，当佐相父破敌也。』武王大喜，奉酒饯行。洪锦夫妇告别起行。也是合该如此。正是：

万仙阵内夫妻绝，天数安排不得差。

且说元始次日下篷，吩咐众门人，鸣动金钟、玉磬。三教圣人率诸门人共破万仙阵。只见通天教主吩咐长耳定光仙曰：『但吾与你师伯共西方二位道人会战，吾叫你将六魂幡磨动，你可将幡磨动，不得有误！』长耳定光仙曰：『弟子知道。』通天教主打点会战。且说长耳定光仙自思：『我前只见师伯左右门人，总共十二代弟子，俱是道德之士；昨日又见西方教主，三颗舍利子顶上光华，真是道法无边。』先自有三分退诿。正是：

从来心上修仙道，邪正方知成大宗。

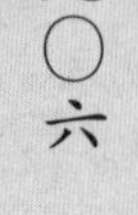

话说通天教主至阵前，见老子、元始四人一至，大呼曰：『今日定要与你等见个高低，断不草率干休！』话犹未了，只见洪锦走马至阵前，与龙吉公主也不听约束，举刀刃直冲杀过去。子牙拦阻不住。看官：此正是这二位星官该绝于此，天数使然，故不由分说，直杀过去耳。洪锦把刀一摆，两骑马冲进阵中。万仙阵不曾提防有此冲突之患，被龙吉公主祭起瑶池内白光剑，伤了数位仙家。夫妻二人正冲杀间，只见乱腾腾杀气迷空，黑霭霭阴风晦昼，正遇金灵圣母在七香车上布阵，忽报：『龙吉公主冲进阵来。』金灵圣母急下车看时，公主已杀至面前。圣母绰步，提飞金剑抵敌。未及数合，圣母祭起四象塔打来。公主不知此宝，躲不及，一塔正打中顶上，跌下马来，被众仙杀之。洪锦见公主已绝，大叫一声：『休伤吾公主！』把刀来取圣母。圣母又祭起龙虎如意，正中洪锦顶上。可怜！自归周土，屡得奇功，今日夫妻阵亡，以报武王。二位清魂俱往封神台去了。元始正欲与通天教主答话，只见洪锦夫妻已亡，元始叹谓西方教主曰：『方才绝者乃是瑶池金母之女。天数合该如此，可见非人力所为。』只听得万仙阵门里有一竿翠蓝旗摇，隐隐调出一位道者，乃是按二十八宿之星，正应万仙阵而出。元始见翠蓝旗摇动，来了四位道人，俱穿青色衣。怎见得，有诗为证，诗曰：

一字青纱脑后飘，道袍水合束丝绦。
元神一现群龟灭，斩将封为角木蛟。
九扬纱巾头上盖，腹内玄机无比赛。

降龙伏虎似平常，斩将封为斗木豸。

三绺髭须一尺长，炼就三花不老方。

蓬莱海岛无心恋，斩将封为奎木狼。

修成道气精光焕，巨口獠牙红发乱。

碧游宫内有声名，斩将封为井木犴。

元始又见一声钟响，一杆大红旗摇，又来了四位道人，俱穿大红绛绡衣，好凶恶！怎见得，有诗为证，诗曰：

碧玉霞冠形容古，双手善把天地补。

无心访道学长生，斩将封为尾火虎。

截教传来炼玉枢，玄机两济用工夫。

丹砂鼎内龙降虎，斩将封为室火猪。

秘授口诀伏妖邪，顶上灵云天地遮。

三花聚顶难成就，斩将封为翼火蛇。

不恋荣华止自修，降龙伏虎任悠游。

空为数栽丹砂力，斩将封为觜火猴。

老子见万仙阵中一杆白旗摇动，又有四位道人出来，身穿大白衣，体态凶顽，各有妖氛气概，因谓元始曰：『似这等业障都来枉送性命，你看出来的都是如此之类。』怎见得，有诗为证，诗曰：

五岳三山任意游，访玄参道守心修。
空劳炉内金丹汞，斩将封为斗金牛。
腹内珠玑贯八方，包罗万象道汪洋。
只因杀戒难逃躲，斩将封为鬼金羊。
离龙坎虎相匹遇，炼就神丹成不朽。
无缘顶上现三花，斩将封为娄金狗。
金丹炼就脱樊笼，五遁三除大道通。
未灭三尸吞六气，斩将封为亢金龙。

四位教主又见通天教主把手中剑望东、西、南、北指画，前后又是钟鸣，阵门开处，又有四位道人出来，真好稀奇！有诗为证，诗曰：

自从修炼玄中妙，不恋金章共紫诰。
通天教主是吾师，斩将封为箕水豹。

出世虔诚悟道言，勤修苦行反离魂。
移山倒海随吾意，斩将封为参水猿。
箬冠道服性聪敏，炼就白气心无损。
只因无福了长生，斩将封为轸水蚓。
五行妙术体全殊，合就玄中自丈夫。
悟道成仙无造化，斩将封为壁水貐。

元始曰：『此俱是截教门中，并无一人有根行之士，俱是无福修为，该受此劫数也，深为可悲！』又见皂盖幡摇，出来四位道人。怎见得，有诗为证，诗曰：

跨虎登山观鹤鹿，驱邪捉怪神鬼哭。
只因无福了仙家，斩将封为女土蝠。
顶上祥光五彩气，包含万象多伶俐。
无分无缘成正果，斩将封为胃土雉。
采炼阴阳有异方，五行攒簇配中黄。
不归阐教归截教，斩将封为柳土獐。

赤发红须情性恶，游尽三山并五岳。
包罗万象枉徒劳，斩将封为氐土貉。

元始与老子同西方教主共言曰：『你看这些人，有仙之名，无仙之骨，哪里做得修行办道之品！』四位教主正谈论之间，只见旗门开处，又来了四位道人。怎见得，有诗为证，诗曰：

修成大道真潇洒，妙法玄机有真假。
不能成道却凡尘，斩将封为星日马。
铁树开花怎得齐，阴神行乐跨虹霓。
只因无福为仙侣，斩将封为昴日鸡。
面如蓝靛多威武，赤发金睛恶似虎。
呼风唤雨不寻常，斩将封为虚日鼠。
三昧真火空中露，霞光前后生百步。
万仙阵内逞英雄，斩将封为房日兔。

话说通天教主在阵中调出第七对来，展一杆素白幡，幡下有四位道者，凶凶恶恶，凛凛赳赳，手提方楞锏出来。怎见得，有诗为证，诗曰：

道术精奇盖世无，修真炼性握兵符。
长生妙诀贪尘劫，斩将封为毕月乌。
发似朱砂脸似靛，浑身上下金光现。
天机玄妙总休言，斩将封为危月燕。
面如赤枣落腮胡，撒豆成兵盖世无。
两足登云如掣电，斩将封为心月狐。
腹内玄机修二六，炼就阴阳超凡俗。
谁知五气未朝元，斩将封为张月鹿。

话说通天教主把九曜二十八宿调将出来，按定方位。只见四七二十八位道者，齐齐整整，左右盘旋，簇拥而出。但见了些飞霞红气，紫电青光，有多少者层层密密，凶凶顽顽，真个是杀气腾腾，愁云惨惨，好生利害！不知后事如何，且听下回分解。

第八十四回　子牙兵取临潼关

诗曰：

幽魂幡下夜猿啼，壮士纷纷急鼓鼙。
黑雾弥漫人魄散，妖氛笼罩将星低。
只知战胜歌刁斗，不认奸邪悔噬脐。
屈死英雄遭血刃，至今城下草萋萋。

话说通天教主率领众仙至阵前，老子曰：『今日与你决定雌雄，万仙遭难。正应你反覆不定之罪。』通天教主怒曰：『你四人看我今番怎生作用！』遂催开奎牛，执剑砍来。老子笑曰：『料你今日作用也只如此！只你难免此厄也！』催开青牛，举起扁拐，急架忙迎。元始天尊对左右门人曰：『今日你等俱满此戒，须当齐入阵中，以会截教万仙，不得错过。』众门人听此言，不觉欢笑，呐一声喊，齐杀入万仙阵中。正是：

万仙阵上施玄妙，都向其中了劫尘。

文殊广法天尊骑狮子，普贤真人骑白象，慈航道人骑金毛犼：三位大士各现出化身，冲将进去。灵宝大法师仗剑而来，太乙真人持宝锉进阵，惧留孙、黄龙真人、云中子、燃灯道人齐往万仙阵来。后面又有姜子牙同哪吒等众门人亦大呼曰：『吾等今日破万仙阵，以见真伪也！』话未了时，只见陆压道人从空飞来，撞入万仙阵内，也来助战。看

这场大战，正是万劫总归此地，神仙杀运方完。只见：

老子坐青牛，往来跳跃；通天教主纵奎牛，猛勇来攻。三大士催开了青狮、象、犼；金灵圣母使宝剑飞腾。灵宝大法师面如火热；无当圣母怒气冲空。太乙真人动了心中三昧；毗芦仙亦显神通。道德真君来完杀戒；云中子宝剑如虹。惧留孙把捆仙绳祭起；金箍仙用飞剑来攻。阵中玉磬铮铮响，台下金钟朗朗鸣。四处起团团烟雾，八方长飒飒狂风。人人会三除五遁，个个晓倒海移峰。剑对剑，红光灿灿；兵迎宝，瑞气溶溶。平地下鸣雷震动，半空中霹雳交轰。这壁厢三教圣人行正道；那壁厢通天教主涉邪宗。这四位教主也动了嗔痴烦恼，那通天教主竟犯了反覆无终。正克邪，始终还正；邪逆正，到底成凶。急嚷嚷天翻地覆，闹炒炒华岳山崩。姜子牙奉天征讨，众门人各要立功：杨戬刀犹如闪电；李靖戟一似飞龙；金吒跃开脚步；木吒宝剑齐冲；韦护祭起降魔宝杵；哪吒登开风火轮，各自称雄；雷震子二翅半空施勇；杨任手持五火扇扇风。又来了四仙家，祭起那『诛』、『戮』、『陷』、『绝』四口宝剑，这般兵器难当其锋，咫尺间斩了二十八宿，顷刻时九曜俱空。通天教主精神减半；金灵圣母口内喁喁；毗芦仙已无主意；无当圣母战战兢兢。一时间又来了西方教主，把乾坤袋举在空中，有缘的须当早进，无缘的任你纵横。霎时间云愁雾惨，一会家地暗难穷。从今惊破通天胆，一事无成有愧容。

话说老子与元始冲入万仙阵内，将通天教主裹住。金灵圣母被三大士围在当中，只见三大士面分蓝、红、白，或

现三首六臂，或现八首六臂，或现三首八臂，浑身上下俱有金灯、白莲、宝珠、璎珞、华光护持，金灵圣母用玉如意招架三大士多时，不觉把顶上金冠落在尘埃，将头发散了，这圣母披发大战，正战之间，遇着燃灯道人祭起定海珠打来，正中顶门。可怜！正是：

封神正位为星首，北阙香烟万载存。

燃灯将定海珠把金灵圣母打死。广成子祭起诛仙剑，赤精子祭起戮仙剑，道行天尊祭起陷仙剑，玉鼎真人祭起绝仙剑，数道黑气冲空，将万仙阵罩住，凡封神台上有名者，就如砍瓜切菜一般，俱遭杀戮。子牙祭打神鞭，任意施为。万仙阵中又被杨任用五火扇扇起烈火，千丈黑烟迷空，可怜万仙遭难，其实难堪。哪吒现三首八臂，往来冲突。玉虚一干门下，如狮子摇头，狻猊舞势，只杀得山崩地塌。通天教主见万仙受此屠戮，心中大怒，急呼曰：『长耳定光仙快取六魂幡来！』定光仙因见接引道人白莲裹体，舍利现光，又见十二代弟子玄都门人俱有璎珞、金灯、光华罩体，知道他们出身清正，截教毕竟差讹，他将六魂幡收起，轻轻的走出万仙阵，径往芦篷下隐匿。正是：

根深原是西方客，躲在芦篷献宝幡。

话说通天教主大呼：『定光仙快取幡来！』连叫数声，连定光仙也不见了。教主已知他去了，大怒，欲待无心恋战，又见万仙受此等狼狈；欲待上前，又有四位教主阻住；欲要退后，又恐教下门人笑话；只得勉强

相持，又被老子打了一拐。通天教主着了急，祭起紫电锤来打老子；老子笑曰：『此物怎能近我！』只见顶上现出玲珑宝塔，此锤焉能下来。通天教主正出神，不妨元始天尊又一如意，打中通天教主肩窝，几乎落下奎牛。通天教主大怒，奋勇争战。只见二十八宿星官已杀得看看殆尽，止丘引见势不好了，借土遁就走，就陆压看见，惟恐追不及，急纵至空中，将葫芦揭开，放出一道白光，上有一物飞出，陆压打一躬，命：『宝贝转身。』可怜丘引头已落地。陆压收了宝贝，复至阵中助战。且说接引道人在万仙阵内将乾坤袋打开，尽收那三千红气之客，有缘往极乐之乡者，俱收入此袋内。准提同孔雀明王在阵中现三十四头，十八只手，执定璎珞、伞盖、花贯、鱼肠、金弓、银戟、白钺、幡幢、加持神杵、宝锉、银瓶等物来战通天教主。通天教主看见准提，顿起三昧真火，大骂曰：『好泼道！焉敢欺吾太甚，又来搅吾此阵也！』纵奎牛冲来，仗剑直取。准提将七宝妙树架开。正是：

西方极乐无穷法，俱是莲花一化身。

且说通天教主用剑砍来，准提将七宝妙树一刷，把通天教主手中剑打的粉碎。通天教主把奎牛一拎，跳出阵去了。准提道人收了法身，老子与元始也不赶他。群仙共破了万仙阵，鸣动金钟，陆响玉磬，俱回芦篷上来。老子与元始看见定光仙，问曰：『你是截教门人定光仙，为何躲在此处也？』定光仙拜伏在地曰：『师伯在上：弟子有罪，敢禀明师伯。吾师炼有六魂幡，欲害二位师伯并西方教主、武王、子牙，使弟子执定听用。弟子因见师

伯道正理明，吾师未免偏听逆理，造此业障，弟子不忍使用，故收匿藏身于此处。今师伯下问，弟子不得不以实告。』元始曰：『奇哉！你身居截教，心向正宗，自是有根器之人。』随命跟上芦篷。四位教主坐下，共论今日邪正方分。老子问定光仙曰：『你可取六魂幡来。』定光仙将幡呈上。西方教主曰：『此幡可摘去周武、姜尚名讳，将幡展开，以见我等根行如何。』准提随将六魂幡摘去『武王』、『姜尚』名讳，命定光仙展布。定光仙依命，将幡连展数展。只见四位教主顶上各现奇珍：元始现庆云，老子现塔，西方二位教主现舍利子，保护其身。定光仙见了，弃幡倒身下拜，言曰：『似此吾师妄动嗔念，陷无限生灵也！』西方教主曰：『吾有一偈，你且听着：

极乐之乡客，西方妙术神。莲花为父母，九品立吾身。

池边分八德，常临七宝园。波罗花开后，遍地长金珍。

谈讲三乘法，舍利腹中存。有缘生此地，久后幸沙门。』

西方教主曰：『定光仙与吾教有缘。』元始曰：『他今日至此，也是弃邪归正念头，理当皈依道兄。』定光仙遂拜了接引、准提二位教主。子牙在篷下与哪吒等曰：『今日万仙阵中许多道者遭殃，无辜受戮，其实痛心。』门人之内，个个欢喜。不表。

且说通天教主被四位教主破了万仙阵，内中有成神者，有归西方教主者，有逃去者，有无辜受戮者。彼时

无当圣母见阵势难支，先自去了；申公豹也走了；毗芦仙已归西方教主，后成为毗芦佛，此是千年后才见佛光。

当日通天教主领着二三百名散仙，走在一座山下，少憩片时，自思：『定光仙可恨将六魂幡窃去，使吾大功不能成！今番失利，再有何颜掌碧游宫大教。左右是一不做，二不休，如今回宫，再立「地水火风」，换个世界罢！』左右众仙俱各赞襄。通天教主见左右四个切己门徒俱丧，切齿深恨：『不若往紫霄宫见吾老师，先禀过了他，然后再行此事。』正与众散仙商议，忽见正南上祥云万道，瑞气千条，异香袭袭，见一道者，手执竹杖而来。作偈曰：

高卧九重云，蒲团了道真。天地玄黄外，吾当掌教尊。盘古生太极，两仪四象循。一道传三友，二教阐截分。玄门都领秀，一气化鸿钧。

话说鸿钧道人来至，通天教主知是师尊来了，慌忙上前迎接，倒身下拜曰：『弟子愿老师圣寿无疆！不知老师驾临，未曾远接，望乞恕罪。』鸿钧道人曰：『你为何设此一阵，涂炭无限生灵，这是何说！』通天教主曰：『启老师：二位师兄欺灭吾教，纵门人毁骂弟子，又杀戮弟子门下，全不念同堂手足，一味欺凌，分明是欺老师一般。望老师慈悲！』鸿钧道人曰：『你这等欺心！分明是你自己作业，致生杀伐，该这些生灵遭此劫运；你不自责，尚去责人，情殊可恨！当日三教共佥「封神榜」，你何得尽忘之也！名利乃凡夫俗子之所争，嗔怒乃儿女子之所事，纵是未斩三尸之仙，未赴蟠桃之客，也要脱此苦恼；岂意你三人乃是混元大罗金仙，历万劫不磨之体，为三教元首，为因小

事，生此嗔痴，作此邪欲。他二人原无此意，都是你作此过恶，他不得不应耳。虽是劫数使然，也都是你约束不严，你的门徒生事，你的不是居多。我若不来，彼此报复，何日是了？我特来大发慈悲，与你等解释冤愆，各掌教宗，毋得生事。』随吩咐左右散仙：『你等各归洞府，自养天真，以俟超脱。』众仙叩首而散。鸿钧道人命通天教主先至芦篷通报。通天教主不敢有违师命，只得先往芦篷下来，心中自思：『如何好见他们？』不得已，腼面而行。话说哪吒同韦护等俱在芦篷下，议论万仙阵中那些光景，忽见通天教主先行，后面跟着一个老道人扶笻而行，只见祥云缭绕，瑞气盘旋，冉冉而来，将至篷下。众门人与哪吒等各各惊疑未定。只见通天教主将近篷下，大呼曰：『哪吒可报与老子、元始，快来接老爷圣驾！』哪吒忙上篷来报。话说老子在篷上与西方教主正讲众弟子劫数之厄，今已圆满，猛抬头见祥光瑞霭，腾跃而来，老子已知老师来至，忙起身谓元始曰：『师尊来至！』急率众弟子下篷。只见哪吒来报：『通天教主跟一老道人而来，呼老爷接驾，不知何故。』老子曰：『吾已知之。此是我等老师，想是来此与我等解释冤愆耳。』遂相率下篷迎接，在道旁俯伏曰：『不知老师大驾下临，弟子有失远接，望乞恕罪。』鸿钧道人曰：『只因十二代弟子运逢杀劫，致你两教参商。吾特来与你等解释愆尤，各安宗教，毋得自相背逆。』老子与元始声喏曰：『愿闻师命。』遂至篷上，与西方教主相见。鸿钧道人称赞：『西方极乐世界真是福地。』西方教主应曰：『不敢！』教主请鸿钧道人拜见。鸿钧曰：『吾与道友无有拘束。这三个是吾门下，当得如此。』接引道人与准提道人打稽首坐下。后面就是老子、元始过来拜见毕，又是十二代弟子并众门人俱来拜见毕，俱分两边侍立。通天教主也在一

旁站立。鸿钧道人曰：『你三个过来。』老子、元始、通天三个走近前面。道人问曰：『当时只因周家国运将兴，汤数当尽，神仙逢此杀运，故命你三个共立「封神榜」，以观众仙根行浅深，或仙，或神，各成其品。不意通天弟子轻信门徒，致生事端，虽是劫数难逃，终是你不守清净，自背盟言，不能善为众仙解脱，以致俱遭屠戮，罪诚在你，非是我为师的有偏向，这是公论。』接引与准提齐曰：『老师之言不差。』鸿钧曰：『今日我与你讲明，从此解释。大徒弟，你须让过他罢。俱各归仙阙，毋得戕害生灵。况众弟子厄满，姜尚大功垂成，再毋多言。从此各修宗教。』鸿钧吩咐：『三人过来跪下。』三位教主齐至面前，双膝跪下。道人袖内取出一个葫芦，倒出三粒丹来，每一位赐他一粒：『你们吞入腹中，吾自有话说。』三位教主俱皆依师命，各吞一粒。鸿钧道人曰：『此丹非是却病长生之物，你听我道来：

此丹炼就有玄功，因你三人各自攻。
若有先将念头改，腹中丹发即时薨！』

鸿钧道人作罢诗，三位教主叩首：『拜谢老师慈悲！』鸿钧道人起身，作辞西方教主，命通天三弟子：『你随我去。』通天教主不敢违命。只见接引道人与准提俱起身，同老子、元始率众门人同送至篷下。鸿钧别过西方二位教主，老子与众门人等又拜伏道旁，俟鸿钧发驾。鸿钧吩咐：『你等去罢。』众人起立拱候。只见鸿钧与通天教主驾祥云冉冉而去。西方教主也作辞回西去了。老子、元始与子牙曰：『今日来，我等与十二代弟子俱回洞府，候你封过

神，从新再修身命，方是真仙。』正是：

重修顶上三花现，返本还元又是仙。

子牙与元始众仙下得芦篷，姜子牙伏于道旁，拜求掌教师尊曰：『弟子姜尚蒙师尊指示，得进于此地，不知后会诸侯一事如何？』老子曰：『我有一诗，你谨记有验。诗曰：

险处又逢险处过，前程不必问如何。
诸侯八百看看会，只待封神奏凯歌。』

老子道罢，与元始各回玉京去了。广成子与十二代仙人，俱来作别曰：『子牙，吾等与你此一别，再不能会面也！』子牙心下甚是不忍分离，在篷下恋恋不舍。子牙作诗以送之，诗曰：

东进临潼会万仙，依依回首甚相怜。
从今别后何年会？安得相逢诉旧缘。

话说群仙作别而去，惟有陆压握子牙之手曰：『我等此去，会面已难，前途虽有凶险之处，俱有解释之人，只还有几件难处之事，非此宝不可，我将此葫芦之宝送你，以为后用。』子牙感谢不已。陆压随将飞刀付与，也自作别而去。

话分两头，单表元始驾回玉虚。申公豹只因破了万仙阵，希图逃窜他山，岂知他恶贯满盈，跨虎而遁，只见白鹤

童子看见申公豹在前面，似飞云掣电一般奔走，白鹤童子忙启元始天尊曰：『前面是申公豹逃窜。』元始曰：『他曾发一誓，命黄巾力士将我的三宝玉如意把他拿在麒麟崖伺候。』童子接了如意，递与力士。力士赶上前大呼曰：『申公豹不要走！奉天尊法旨拿你去麒麟崖听候！』祭起如意，凭空把申公豹拿了往麒麟崖来。且说元始天尊驾至崖前，落下九龙沉香辇，只见黄巾力士将申公豹拿来，放在天尊面前。元始曰：『你曾发下誓盟，去塞北海眼，今日你也无辞。』申公豹低首无语。元始命黄巾力士：『将我的蒲团卷起他来，拿去塞了北海眼！』力士领命，将申公豹塞在北海眼里。有诗为证：

堪笑阐教申公豹，要保成汤灭武王。
今日谁知身塞海，不知红日映沧桑。

话说黄巾力士将申公豹塞了北海，回元始法旨，不表。

且说子牙领众门徒回潼关来见武王，武王曰：『相父今日回来，兵士俱齐，可速进兵，早会诸侯，孤之幸也。』子牙传令，起兵往临潼关来。只八十里，早已来至关下，安下行营。且说临潼关守将欧阳淳闻报，与副将卞金龙、桂天禄、公孙铎共议曰：『今姜尚兵来，止得一关，焉能阻当周兵？』众将言曰：『主将明日与周兵见一阵，如胜则以胜而退周兵，如不胜，然后坚守，修表往朝歌去告急，俟援兵协守，此为上策。』欧阳淳曰：『将军之言是也。』次日，子牙升帐，传下令去：『谁去取临潼关走一遭？』旁有黄飞虎曰：『末将愿往。』子牙许之。飞虎领本部人马，

战未三十合，黄飞虎卖个破绽，吼一声，将卞金龙刺下马来，枭了首级，掌鼓回营，来见姜元帅。

一声炮响，至关下搦战。报马报入帅府：『启主帅：有周将搦战。』欧阳淳曰：『谁去走一遭？』只见先行官卞金龙领令，出关来见黄飞虎，大呼曰：『来将何名？』飞虎曰：『吾乃武成王黄飞虎是也。』卞金龙大骂：『反贼不思报国，反助叛逆！吾乃临潼关先行卞金龙是也。』黄飞虎大怒，纵骑摇枪，飞来直取。卞金龙手中斧急架忙迎。牛马相交，枪斧并举。战未三十合，黄飞虎卖个破绽，吼一声，将卞金龙刺下马来，枭了首级，掌鼓回营，来见姜元帅。子牙大喜，上了黄将军功绩。不表。且说报马报入帅府，欧阳淳大惊，只见卞金龙家将报入本府，卞金龙妻子胥氏听说，放声大哭，惊动后园长子卞吉。卞吉问左右：『太太为何啼哭？』左右把家主阵亡事说了一遍。卞吉怒发冲冠，随换了披挂，来见母亲曰：『母亲不须啼哭，俟儿为父亲报仇。』胥氏只是啼哭，也不管卞吉的事。卞吉上马，至帅府前。左右报入殿庭：『启元帅：卞先行长子听令。』欧阳淳命：『令来。』卞吉上殿，行礼毕，含泪启曰：『末将父死何人之手？』欧阳淳曰：『尊翁不幸，被反贼黄飞

虎枪挑下马，丧了性命。』卞吉曰：『今日已晚，明日拿仇人为父泄恨。』卞吉回至家中，令家将扛抬一个红柜，随领军出关。卞吉率领军士至关外，竖立一根大幡杆，将红柜打开，拎出一首幡，挂将起来，悬于空中，有四五丈高。好利害幡！怎见得，有诗为证：

万骨攒成世罕知，开天辟地最为奇。

周王不是多洪福，百万雄师此处危。

话说当日卞吉将幡杆竖起，一马竟至周营辕门前搦战。哨马报入中军：『启元帅：关内有将请战。』子牙问：『谁人出马？』只见南宫适领命出营。见一员小将，生的面貌凶恶，手持方天画戟，大呼曰：『来者何人？』南宫适笑曰：『似你这等黄口孺子，定然不认得，吾是西岐大将南宫适。』卞吉曰：『且饶你一死回去，只叫黄飞虎出来！他杀我父，吾与他有不共戴天之仇。我不拿你这将生替死之辈。』南宫适听罢大怒，纵马舞刀，直取卞吉。卞吉手中戟急架忙迎。二马相交，戟刀并举。二将大战，正是棋逢对手，将遇作家。卞吉与南宫适战有二三十合，卞吉拨马便走。南宫适随后赶来。卞吉先往幡下过去。南宫适不知详细，也往幡下来，只见马到幡前，早已连人带马跌倒，南宫适不醒人事，被左右守幡军士将南宫适绳缠索绑，拿出幡来。南宫适方睁开二目，乃知堕入他左道之术。卞吉进关来见欧阳淳，把拿了南宫适的话说了一遍。欧阳淳命左右：『推来。』至殿前，南宫适站立不跪。欧阳淳骂曰：『反国逆贼！今已被擒，尚敢抗礼！』命：『速斩首号令！』旁有公孙铎曰：『主将在上：目今奸佞当

道，言我等守关将士俱是架言征战，冒破钱粮，贿买功绩，凡有边报，一概不准，尚将赍本人役斩了。依末将愚见，不若将南宫适监候，俟捉获渠魁，解往朝歌，以塞奸佞之口，庶知边关非冒破之名。不知主将意下若何？』欧阳淳曰：『将军之言正合吾意。』遂将南宫适送在监中。不表。且说子牙闻报南宫适被擒，心中大惊，闷坐中军。次日，卞吉又来搦战，坐名要黄飞虎。飞虎带黄明、周纪出营来。见卞吉飞马过来，大呼曰：『来者何人？』黄飞虎曰：『吾乃武成王黄飞虎是也。』卞吉闻言大怒，骂曰：『反国逆贼，擅杀吾父，不共戴天之仇。今日拿你碎尸万段，以泄吾恨！』展戟来刺。黄飞虎急拨枪来迎。战有三十回合，卞吉诈败，竟往幡下去了。黄飞虎不知，也赶至幡下，亦如南宫适一样被擒。黄明大怒，摇斧赶来，欲救黄飞虎，不知至幡下，也跌翻在地，也被擒了。卞吉连擒二将，进关来报功，欲将黄飞虎斩首，以报父仇。欧阳淳曰：『小将军虽要报父之仇，理宜斩首，只他是起祸渠魁，正当献上朝廷正法，一则以泄尊翁之恨，一则以显小将军之功，恩怨两伸，岂不为美？且将他监候。』卞吉不得已，只得含泪而退。

话说周纪见黄明又失利，不敢向前，只得败进营来见子牙。子牙闻说黄飞虎被擒，大惊，问周纪曰：『他如何擒去？』周纪曰：『他于关外立有一幡，俱是人骨头穿成，高有数丈。他先自败走，竟从幡下过去；若是赶他的，只至幡下，便身连马倒了。黄明去救武成王，也被擒去。』子牙大惊：『此又是左道之术！待吾明日亲自临阵，便知端的。』次日，子牙与众将门人出营来，看见此幡，悬于空中，有千条黑气，万道寒烟。哪吒等仔细定睛，看那白骨上

俱有朱砂符印，对子牙曰：『师叔可曾见上面符印么？』子牙曰：『吾已见了。此正是左道之术。你等今后交战，只不往他幡下过便了。』只见报马报入关内，欧阳淳也亲自出关，来会子牙。欧阳淳不往幡下过，往旁边走来。子牙看见欧阳淳转将出来，对门人曰：『你看主将也不从此处过。』众将皆点头会意。子牙迎上前来，问曰：『来将莫非守关主将么？』欧阳淳曰：『然也。』子牙曰：『将军何不知天命耶？五关止此一城，尚欲抗拒天兵哉？』欧阳淳大怒：『匹夫敢出此言！』回顾卞吉曰：『与吾拿此叛贼！』卞吉催开马，摇手中戟飞奔过来。旁有雷震子大呼曰：『贼将慢来，有吾在此！』展开二翅，举棍打来。卞吉见雷震子凶悍，知是异人，未及数合，就往幡下败走。雷震子自忖：『此幡既是妖术，不若先打碎此幡，再杀卞吉未迟。』雷震子把二翅飞起，望幡上一棍打来，不知此幡周围有一股妖气迷住，撞着他就自昏迷，雷震子一棍打来，竟被妖气冲着，便翻下地来，不醒人事。两边守幡家将把雷震子捆绑起来。这壁厢韦护大怒，急祭起降魔杵来打此幡。此杵虽能镇压邪魔外道之人，不知打不得此幡。只见那杵竟落幡下。正是：

休言韦护降魔杵，怎敌幽魂百骨幡。

话说韦护见此杵竟落于幡下，不觉大惊。众门下俱彼此看住。只见卞吉复至军前，大呼曰：『姜尚可早早下骑归降，免你一死！』哪吒听得大怒，登开风火轮，现出三首八臂，大喝曰：『匹夫慢来！』摇火尖枪飞来直取。卞吉见哪吒如此形状，先自吃了一惊。未及数合，被哪吒一乾坤圈把卞吉几乎打下马来，回身败进关去了。子牙后有李靖催

马摇戟来战。欧阳淳旁有桂天禄舞手中刀抵住了李靖。未及数合，被李靖一戟刺于马下。欧阳淳大怒，摇手中斧来战李靖。子牙命左右擂鼓助战，只见阵后冲出辛甲、辛免四贤，毛公遂、周公旦、召公奭无数周将，把欧阳淳围在当中，又有周纪、龙环、吴谦三将也来助战，把欧阳淳杀得只有招架之功，更无还兵之力。不知后事如何，且听下回分解。